Unsere Freundin Jekatarina hat 2016 ihr Studium und Leben in Deutschland abgebrochen. Sie lebt mittlerweile wohl erfolgreich und hoffentlich glücklich im Ausland.
Wir haben von ihr seit etwa einem halben Jahr nichts mehr gehört.
Es scheint, dass sie alles hinter sich gelassen hat, auch uns und sich selbst – zumindest ihr altes Selbst.
Wir erfüllen mit dieser (Neu-) Herausgabe lediglich einen Wunsch unserer Freundin, an dem sie nicht mehr zu partizipieren scheint. Wir hoffen, dass es Jekatarina jetzt glücklicher hat.

– Die ehemaligen Kommilitoninnen und Kommilitonen Jekatarinas aus den Städten: Lübeck und mittlerweile Siegen und Berlin im Herbst 2019.

Jekatarina Griner

Die Schweizer Seelentätowierung

Bibliografische Information der Deutschen Nationalbibliothek:
Die Deutsche Nationalbibliothek verzeichnet diese Publikation in der Deutschen Nationalbibliografie; detaillierte bibliografische Daten sind im Internet über http://dnb.dnb.de abrufbar.

© 2019 Jekatarina Griner

Illustration/Gestaltung: Books on Demand, Team Buchdesign & Lektorat

Ein besonderer Dank geht an die Freundinnen und Freunde Jekatarina Griners, die die Herausgabe dieses Werkes ermöglichten. Dies ist die Ausgabe mit neuem Vorwort und neuem Cover und daher einer neuen ISBN.

Herstellung und Verlag: BoD – Books on Demand, Norderstedt

ISBN: 9783750403512

Prolog

„Endlich wirken diese gottverdammten Drogen!", dachte er sich, obwohl sie lediglich hartes, harmloses holländisches Marihuana geraucht hatten.

Die beiden jungen Männer gingen im Nachmittagssonnenschein die neue Straße hinab. Viele Minuten schwiegen sie nun schon so ganz gedankenversunken dahin schreitend, nur durch den Verkehrslärm besprenkelt. Schließlich sagte der eine, der Marcus hieß, seines trockenen Mundes und der Trägheit des Rausches wegen zu seinem Begleiter: "Du, Stephan! Vielleicht 'ne kurze Pause in der Kneipe da drüben?"

Marcus hob seinen Arm und deutete auf die gegenüberliegende Straßenseite.

„Ne, lass mal! Jetzt so in 'nem stickigen Raum sitzen..." antwortete Stephan.

„Ach, komm! Ein kühles Glas Wein trinken!"

„Ich weiß nicht..."

„Mann, ich geb' ein Glas aus!"

Selbst dies Angebot wäre fast nicht in der Lage gewesen Stephan umzustimmen: „Ähm... mhm... na gut!" gab dieser schließlich doch nach.

Zerschmolzen sah sich Stephan nach heranfahrenden Autos um und setzte, da die Straße gerade unbefahren war, seinen Fuß auf den warmen Asphalt. Marcus folgte ihm ebenfalls übervorsichtig durch das marihuanabetäubte Empfinden sich umblickend.

„Mal sehen…" murmelte Stephan skeptisch, als er die Tür aufzog, eintrat und Marcus hinterher schritt. Die Kneipe, eher ein Kneipencafé, war voll angenehmem Licht, in dem ein paar Studenten und andere junge Leute saßen, die lachten, schwätzen und Kaffee oder Bier tranken.

„Lass uns ma' an die Bar setzten, okay?"

Stephan nickte und sie nahmen auf den stählernden Hockern mit den schwarzen Polstern Platz. Zu stark kann das niederländische Gras dennoch nicht gewesen sein, da die Biologie augenblicklich funktionierte und den beiden sofort die zwei jungen Frauen auffielen, die an der anderen Ecke der Theke saßen. Diese waren etwa gleichaltrig wie Stephan und Marcus und angeregt in ein Gespräch vertieft, in dem sie immer wieder zwischendurch lachten.

Sie lachten aber nicht klischeehaft wie alberne Teenager, sondern kurz, ruhig und trocken, wie es sonst alte Männer tun, die im intelligenten Gespräch miteinander scherzen. Zwei attraktive Mädchen trotz Schachopaattitüde. Marcus wandte zuerst seinen dümmlichen Blick ab und gab dem Kellner ein Zeichen: „Zwei Gläser Rotwein, bitte!"

„Worüber reden die wohl?", fragte Stephan, sich auch endlich umdrehend und seinen Freund anblickend.

„Keine Ahnung! Wieso interessiert dich das?" nahm das Gespräch in bekifft-breiiger Manier seinen Anfang. Stephan zögerte kurz. Seine rotgeäderten Augen starrten glasig an Marcus vorbei. Doch dann fixierte er ihn und sprach:

„Wenn dieser vertrocknete Moment des Nachmittags so viele Blumen ausstreut, um uns zu den Quellen zu locken, so will ich wissen warum!"

„Weil nur sterben kein zerstaubendes Leiden wider unserem bekotzten Sein wäre und Oasen im Grün einheim Streben lächeln; so süß ist der früchterliche Saft.", antwortete Marcus in seiner bescheuerten Art der Sprachverdrehung mit provozierendem Grinsen. Beide Freunde pflegten manchmal schon fast subtil miteinander beim Reden Sätze in die Konversation einzubauen, die zwischen Poesie und sinnlosem Klang stolperten.

„Verstehe!" lächelte Stephan matt und erhob sein frisches Glas: „Zum Wohl!"

„Prost, Genosse!" gab Marcus beim Anstoßen zurück.

Der trockene Rotwein fühlte sich schon beinahe staubig im Geschmack an, nachdem der Fruchtkitzel verflogen war.

Dumpf begannen die jungen Männer auch zu reden und wie die Worte statt Wörter von ihren Zungen und Mündern rollten, die bald schon das zweite Glas Rotwein schmeckten, da bemerkten Stephan und Marcus nicht, dass die beiden jungen Frauen auf sie aufmerksam geworden waren. Schließlich mussten sie aber doch wieder die beiden beachten, denn eine war aufgestanden, zu ihnen getreten und sagte:

„Moin, ich bin Freya!"

Freya war ein ätherischer Geist mit einer etwas zu voluminösen Stimme für ihre zarte Statur und so blass, dass ihre weizenblonden halblangen Haare und ihre tiefen, saphierblauen Augen zu fluoreszieren schienen.

„Und das da –", sie zeigte auf ihre Freundin, die noch am Tresen saß und schüchtern über ihr Glas hinweg Marcus und Stephan anblickte, „– ist Gesa."

Ihr braunes Haar fiel ihr in die grünblauen Augen, als die deutlich kräftigere Gesa verlegen nickte.

„Wollt ihr nicht mit uns etwas trinken, wenn ihr schon so interessiert zu uns gekuckt habt?" fragte Freya, sodass Stephan und Marcus etwas erröteten.

Die Beiden brauchten vor Überraschung einige Sekunden für die Antwort:

„Äh... natürlich gern! Wollen wir uns dann nicht in so 'ne Sitzecke setzten?" gab Marcus schließlich zurück, auf eine orange Kunstlederbank zeigend.

„Okay gern!", freute sich Freya und Gesa stürzte den Rest ihres Cocktails, wie ein durstiger Bauarbeiter ein Bier, während sie aufstand und ihr Täschchen griff.

Die Couchbänke stellten sich als durchaus bequem heraus, als sich Marcus mit seinem Weinglas niederließ. Im schüchternen Zuprosten warf er einen genauen Blick auf Freya bevor er sein Weinglas leer zog. Diese saß ihm gegenüber und hatte ihre durchdringenden blauen Augen auf ihn gerichtet, sodass er sich etwas beklommen fühlte.

„Was trinken wir?" fragte Gesa und das erste Mal vernahmen Stephan und Marcus ihre Stimme, die in Höhe und Dünne deutlich besser zu Freya gepasst hätte. Es schien gerade so, als ob die beiden Mädchen aus Schabernack, um zwei herumschwallende Typen zu verarschen, ihre Stimmen getauscht hätten.

„Ich hab noch Wein!" murmelte Stephan etwas lustlos und schnippte gegen sein Glas, welches mit sonorem Klingen antwortete.

„Wir können ja trotzdem schon mal bestellen!", schlug Marcus vor. „Wie wär's mit weißem Rum?"

Die jungen Frauen nickten und auch Stephan erhob keinen Einspruch, sodass etwas später gemeinschaftlich die vier Gläser dumpf zusammen klirrten.

Marcus' träges Dämmern war zerflossen als das Gespräch der Personen untereinander an Dynamik aufnahm und man sich besser kennenlernte.

„Die Mädels sind zwei beziehungsweise drei Jahre jünger als Stephan und ich, warum haben wir sie aber dann noch nicht auf dem Campus gesehen, wenn sie auch hier studieren?" fragte sich Marcus insgeheim selbst, als er erfahren hatte dass Gesa zwanzig und Freya einundzwanzig Jahre alt waren und auch an der Universität der Stadt eingeschrieben. Laut fragte er aber schließlich nach einer guten Stunde des Gesprächs: „Wollen wir eigentlich noch einen rauchen?"

„Warum nicht?"

„Okay!"

Und auch Stephan nickte. Marcus zog die Utensilien aus seiner Strickjacke und da das Rauchen in dem Lokal ohnehin gestattet war, war es auch nicht weiter auffällig, als er einige Minuten später den kurzen Joint ansteckte.

„Man sitzt gleich ganz anders!" murmelte Gesa, als sie sich nach dem Weiterreichen zurück in die Lederpolster fielen ließ.

„Ja viel tiefer im Sofa" grinste Freya und in ihren leuchtenden Augen spiegelte sich als sie zog die Glut so stark, dass Marcus erschrak.

„Ich hab 'nen trockenen Mund!" gab Stephan zu und drehte sich nach der Kellnerin um, um erneut zu bestellen. Die neuen Gläser waren zügig leer und erst als die Kellnerin ein viertes Mal ankam und fragte ob sie noch etwas trinken wollten, lehnten sie vorerst ab.

„Was macht ihr eigentlich sonst so gerne?" fragte Stephan und selbst Marcus hörte das leichte Lallen in seiner Stimme.

„Ich spiele Tischtennis und mag besonders die bildende Kunst!" antwortete Gesa in ihrer schüchternen Art. Stephan wurde hellhörig, denn neben seiner dichterischen und musikalischen Tätigkeit,

welche er mit Marcus teilte, malte er mit zerwal-
zender Kreativität und sprengendem Talent.

Doch in Marcus' Bauch schlich sich ein Gefühl
des fremdschämenden Unbehagens, als er Stephan anblickte, welcher nun anfing mit cremiger
Stimme über seine Lieblingsbilder zu sprechen.
So sehr Marcus Kunst und die Auseinandersetzung
mit dieser liebte, so sehr verabscheute er aufge-
setzte Smalltalkgespräche und er wusste nicht genau, was Gesa und Stephan in diesem Moment
begonnen hatten.

„Ich muss die beiden ja nich' belauschen!"
dachte er sich, hob sein Glas, trank aus Verlegenheit und hätte beinahe den ganzen Restinhalt
über den Tisch gehustet, als er sich verschluckte:
Beim Absetzen aufblickend bemerkte er Freyas in-
finite Saphieraugen ihn fest anstarrend. Ihm war
als wiche das vorige Unbehagen sofort aus seinem
Herzen, obwohl er eine Gänsehaut bekam. Diese
tiefen, klaren Augen! Wie Bergseen aus dessen
unergründlichen Böden es mystisch und sanft
glänzte.

„Und was machst du so als Hobby?" fragte er
an platter Formulierung unübertrefflich, um seine
Beobachterin endlich von dem Starren abzubrin-
gen. Jedoch erschrak Marcus abermals, als er sei-

ne eigene Stimme hörte, die brüchig und tonlos-schwammig von seinen Lippen stolperte, ganz wie ein lallendes Fiebergemurmel.

„Nun ich musiziere viel und gern!" löste sich Freyas Starrblick im herrlichsten Lächeln auf.

„Wirklich? Was spielst du?" Marcus Gedanken und Gefühle ordneten sich etwas und der Schreck wandelte sich augenblicklich in ehrliche Neugier, die seine Sprache wieder gefasster und höflicher werden ließ. Er selbst war glühender Musiker der mehrere Instrumente spielte.

„Violine und etwas Piano und Akkordeon. Aber die Geige ist mein Hauptinstrument sozusagen."

„Wow, cool! Violine ist ein geiles Instrument!" Marcus war aufrichtig beeindruckt. „Ich mache auch Musik – spiele Gitarre und Klarinette!" holperte er hinterher.

„Aha, das sind auch schöne Instrumente!" sagte Freya leise.

„Das interessiert sie überhaupt nicht!" dachte Marcus pikiert und da er merkte, dass Freya wieder ruhig wurde, so als ob sie mit ihrem hübschen Starren fortfahren wollte, stand er auf um zur Toilette zu gehen.

Er schob sich an Stephan vorbei, der gerade mit Gesa lachte, welche ihre Schüchternheit scheinbar recht erfolgreich ertränkt hatte.

„Scheiße!" murmelte Marcus, denn sein Gang war unsicher und er fühlte den Alkohol plötzlich stark in sich einschlagen. Alleine im sauberen, gefliesten Raum mit der Schulter an die Wand gelehnt pinkelte er in hohem Bogen ins Urinal, wobei mit geschlossenen Augen sein Kopf schwirrte, sein Herz raste und doch seine Gedanken aussetzten, was sie sonst fast nie taten.

Befreiter und nüchterner ging er zum Waschbecken, das kalte Wasser belebte ihn: „Heute passiert noch irgendwas Eklatantes!" fuhr es ihm plötzlich wie Blitz durch den Kopf, als er die Flüssigseife pumpte. Obwohl er nicht an Schicksal glaubte, war er sich jetzt absolut sicher, dass der Abend ihn verändern würde. Irgendetwas, der Instinkt der Veränderung vielleicht, rüttelte randalierend an seinem Herzen und doch war er ganz ruhig und sah seine glasigen Augen im Spiegel: Alle wahnsinnen Sehnsuchtsmomente seines bisherigen Scheißlebens würden heute aufspringen – endlich!

„Mann, seh' ich scheiße aus!" lachte er schließlich um sein Selbstbewusstsein zu unterstützen,

15

als er aufblickte und ihm aus dem Spiegel ein blasser, schmächtiger Typ entgegenblickte. Er trat die Schwingtür auf und ging zu seinem Platz zurück.

Gerade lachte Freya offen und herzlich über einen Scherz aus der Runde. Ganz anders als sie noch vor zwei Stunden gelacht hatte. Von Freyas merkwürdigem Fixierungsblick war nicht die geringste Spur zu erkennen.

„Marcus, wo warst du? Wir haben gerade noch 'ne Runde bestellt!" begrüßte Stephan seinen Freund.

„Ich war schiffen, wo sonst?" antwortete dieser, von der Situation verwirrt, da noch eben nur ein stilles Gespräch an dem Tisch geführt wurde.

Im Sprechen und immer akuteren Rausch war der Rest des Nachmittags lange schon in den Abend hinein geflossen und die vier jungen Menschen hatten es nicht bemerkt, dass die Nacht in vollster Breite Einzug gehalten hatte.

Als Gesa gerade stotternd mit Stephan wieder in einen Dialog verfallen war (diesmal über Dalí) versuchte Marcus seine taumelnden Gedanken zu sortieren um eine eigene unverfängliche Konversation mit Freya zu beginnen. Doch im Kopfheben blickte er das dritte Mal in die unheimlich leuchtenden Augen Freyas, die ihn fest fixiert hatten.

Nach dem erneuten kurzen Schreck fragte er heftiger als er wollte: „Was starrst du mich denn ständig so an?"

„Warum ich so starre?" wiederholte Freya verträumt, nachdem sie in aller Ruhe ihren Blick aufgelöst hatte, zu Gesa und Stephan blickte, die Marcus heftige Frage nicht bemerkt hatten. Freya hatte ihr schönstes Lächeln aufgesetzt: „Ich durchdringe dich und dein Wesen! Um dich zu sehen und dich auf deine Ehrlichkeit hin zu prüfen!"

„Was? Und – Und das soll dein Kucken ständig? Dies macht dein Blick?"

Noch als Marcus die Frage stellte kam er sich bereits esoterisch und dümmlich vor. Es gab kein Schicksal für ihn, doch es gab vielleicht eine alternative Zukunft.

Freya nickte nun ernst.

„Und was sagt dir dein unausweichlicher Blick über meine Ehrlichkeit?" zitterte Marcus' Stimme nun plötzlich in betrunkener Ängstlichkeit.

„Dass du der ehrlichste Mensch bist, den diese Augen je sahen!" antwortete Freya entschieden und ruhig.

Marcus stutzte und der beißend aufkochende Rausch machte ihm urplötzlich Lust seine Rede auf zynische Art wieder verschroben werden zu lassen:

„Deine bodenlosen Augen müssen ihrer Schönheit Tribut zum Eigenleide zahlen, denn ihr metaphysisches Können scheint hinter jenem Glanz des Versinkens und ungebrochenen Träumens, den sie als Haut und nicht als Kleidchen tragen müssen, fehlerhaft geworden sein, wenn du mich als superlativisch ehrlich erkennst!"

Freya beugte sich zu ihm über die Tischplatte vor, sodass Marcus' Blick unfreiwillig auf ihren Ausschnitt fiel, in dem ihre zierlichen doch malerischen Brüste ruhten. Sie flüsterte jetzt mit brennender Zunge: „Und diese unsinnige Antwort allein ist der Beweis für die Wahrhaftigkeit der Untersuchung meiner bodenlosen Augen!"

Marcus' Sinne schwanden kurz, er blickte nieder auf die Holztischplatte, sah seine Hand das leere Glas umklammern, obwohl es zu Dreivierteln hätte voll sein müssen und konnte sich nicht erinnern, wann er es leer getrunken hatte.

Einem inneren Impuls folgend wandte er seinen Kopf nach rechts, die Szenerie vor seinen Augen schien umzufallen: Gesas und Stephans Gelächter verschwamm dröhnend in einem Klangbrei mit den Hintergrundgeräuschen und mit Freyas Stimme, die seinen Namen rufend weit hinter ihm zu erschallen schien. Sein inneres Gefühl war von einem lustigen Freudenfeuer zu einem rasenden Scheiterhaufen verwandelt, auf dem Menschen in Todesqualen schrien. Stephan bemerkte Marcus' Blick fröhlich, aber begriff seine Lage nicht, lachte und drückte ihm ein neues Glas ihm in die Hand:

„Da ist schon die nächste Fuhre, Digger! Auf uns alle!"

Die Gläser der beiden jungen Männer klirrten das letzte Mal diesen Abend zusammen und Marcus' letzte Ratio starb im schrillen Nein-Schrei als er das volle Glas närrisch-pseudoheroisch in sich stürzte.

Die Übelkeit und alles Elende und jedes Geräusch verschwanden für Sekundenbruchteile, nur um dann noch zorniger zurückzukehren. Er drehte seinen Kopf wieder nach vorne. Die infiniten blauen Augen starrten, aber diesmal voller offener Angst und Sorge.

„Verdammt wunderschön, die Augen!" ging es ihm durch den Kopf und Marcus schaffte ein letztes Grinsen bevor seine Maske ganz fiel, aufschlug und zerbarst und alle Verzweiflung in sein Gemüt einschoss, wie das Wasser, das den Damm endlich gebrochen hat.

Die ersten Tränen liefen über die Wangen in seinen Kinnbart, als er Freyas Hände nahm und sie mit flirrendem Sinn anflehte: „Rette mich und bring mich fort von all den Lügen, all dem Leiden! Der Hafen ist zu dicht und zu einladend sein Wasser!"

Die Arme Freyas spürte er kaum noch im verloren Kampf um seine Beherrschung. Die Arme, die ihn heranzogen um zu trösten nahm er abgebrochen wahr, als seine Erinnerung für alles Weitere aussetzten, denn dies war das Letzte, woran er sich an diesen Abend erinnern sollte.

Kapitel I

Marcus erwachte und noch bevor er seine Lider auseinander zwang befiel ihn, nach Sekunden völliger Konfusion über seine Lage, abgrundtiefe Trauer:

„Was ist passiert?" fragte er sich mit Beben seiner inneren Stimme. „Ich war in dieser Kneipe mit Stephan und da waren diese jungen Frauen: Gesa und die wunderschöne Freya! Was ist passiert? Oh Gott!"

Zwei Sekunden kosteten kratzend diese Gedanken, bis er sich entschloss endlich seine Augen zu öffnen um seine unbequeme Lage und das leise Rauschen, das er spürte zu klären. Seine verklebten Augenlider folgten seinem Befehl, doch bewirkten sie nur das Gegenteil einer Erklärung.

„Ein… ein Zugabteil?" Marcus' Erinnerung hierhin gekommen zu sein, blockierte sich zurecht, überfordert wie ein Getriebe, das mit einer Eisenstange Bekanntschaft macht. Er sah an sich herunter, fand sich schief eingesunken halb auf einer Armlehne liegend in einem weichen Sitz. Am Fenster rauschte die Landschaft an ihm vorbei und Freya saß mit glimmenden Augen und heiligenscheinhaften Haaren neben ihm auf einem Platz und hatte ein Buch in der Hand (Lyrik Brechts).

„Verfluchte Scheiße! Wo bin ich?" stöhnte Marcus und sein Kopf dröhnte wie eine Kirchenglocke bei jedem Wort.

Freya hatte ihn bereits behutsam angesehen bevor er überhaupt fragte und antwortete lächelnd: „In einem ICE in Richtung Zürich."

„Was? Aber?"

Freya legte das Büchlein in ihren Schoß und ergriff sachte eine Hand Marcus'.

„Aber wie das? Wieso?" wiederholte er stammelnd und fühlte sich dabei wie verwundet. Seine Verwirrung ging in seinen Zügen aus Traurigkeit und Angst gänzlich auf.

„Freya was ist geschehen?" dies war eindringlich.

Doch Freya behielt ihren zarten Blick erst weitere Sekunden auf ihn gerichtet, bevor sie Antwort gab: „Gestern Abend, da brachst du schließlich in Tränen vor mir aus. Einfach so; so offen und ehrlich wie ein Kind – Marcus, du bist voller Ehrlichkeit, hab ich das nicht gesagt?"

„Aber warum bin ich und du hier in 'nem Zug?" Panik schnellte in seine zittrige Stimme.

„Naja, du sagtest mir, dass du all der Lügen und all des Leides dieser Welt und deines ewigen gezwungenen Alltags überdrüssig bist – mehr noch: ich hab gefühlt, wie diese Dinge nicht weit davon weg sind, dich total zu zerbrechen!"

Marcus vergaß kurzzeitig das Atmen, denn es stimmte was Freya sagte:

„Es ist Frühling und ich friere jeden Tag und selbst am Nachmittag komm ich mir vor wie in dunkelster Nacht!" ging es ihm durch den Kopf, wie schon öfters in den letzten quälenden Wochen, die immer wieder neu und doch alt waren, wenn Marcus durch die Tage und Leute ging, die kein Gruß, keine Güte, keine Kreativität und keine herzliche Freude vergaben oder annahmen. Sein eigentümliches und vielleicht auch zu empfindliches Gemüt fühlte sich nahezu tödlich verwundet.

„Du hast mich angefleht, ich solle dich retten!" fuhr Freya fort. „Diese Bitte hätten wohl fast alle anderen Menschen nicht begriffen, vielleicht nicht mal dein Freund Stephan und noch weniger hätten dir geholfen – aber du weißt es ja nun!"

„Wat soll ich wissen?" Marcus stammelte fahrig wie ein in eine Ecke Gedrängter.

„Gott hat dein Leid gesehen und dich zu mir geschickt!" antwortete Freya mit einem Lächeln, das den brennenden Frost in seiner Brust stark zusammen schmolz und doch lächerliche Schelmerei durchblitzen ließ.

„Gott?" fragte Marcus leise, wie um sich selbst zu erinnern. Er war früher recht religiös gewesen, zumindest so religiös wie ein moderner norddeutscher Protestant mit dezidiert linkem Gedankengut nun mal höchstens sein kann. Doch seit seinem andauernden Leiden, dessen Ursache er nicht ausmachen konnte, hatte er nahezu alles an Hoffnung des Glaubens verloren.

„Warum kommst du jetzt mit Gott?" murmelte verwundet Marcus und nun vollends verwirrt über das offene Lächeln Freyas, das ihn dennoch wie eine Injektion Beruhigungsmittel überkam.

„Wann kannst du Gott mehr brauchen als in der tiefsten Verzweiflung? Wenn du nur Hilfe statt skeptischer Reflexion brauchst!"

Marcus schwieg zustimmend.

„Ich, Marcus…" fuhr Freya endlich weiter fort. „Ich verstehe dich nicht nur – nein, ich helfe dir! Und deshalb sind wir hier in einem Zug!"

Marcus krallte sich in die Armlehne und im Aufsetzen meldete sich sein Kater mit abstoßender Gewalt.

„Willst du damit sagen…" stammelte er mühselig und kotzübel. „Wir hauen ab?"

„Ganz genau!" antwortete Freya leise und verzog keine Miene.

Marcus' geprügelte Gedanken fielen übereinander: „Aber… aber das geht doch nicht!"

Freyas erst unbewegtes Gesicht fiel nun vor Enttäuschung ein wie ein Kartenhaus, doch sie sagte nichts.

„Und meine Sachen und…" Marcus wurde leiser. „Meine Eltern?" Er stockte ganz, doch dann fuhr es aus ihm heraus: „Freya, das ist doch blanke Eskapismus-Scheiße!"

Freya ließ ihr trockenes Lachen kurz erklingen, antwortete dann aber ernst:

„In der Tat, das ist es! Doch du weißt ebenso gut wie ich, dass wir uns nach dem stupidesten, lächerlichsten und utopischsten Romantik-Eskapismus am Stärksten sehnen! Wir haben Eichendorf gelesen, ja?"

„Ja, aber das Sehnen ist doch was anderes als solche Dinge wahrhaftig zu tun!"

„Da hast du Recht – und doch – es ist nur ehrlich und logisch den klischeebefleckten Sprung, der so idiotisch scheint, zu wagen, wenn man erst einmal den Abgrund vor sich hat. Das vermag nicht jeder zu schaffen. Marcus, ich hab es nur durch dich und deine Offenbarung geschafft zu springen. Und im Springen nahm ich dich mit, wie du mich angefleht hast – um dich zu retten!"

Marcus mühte sich aufrecht zu sitzen, was ihm auch schließlich unter Schwindel gelang. Die Worte Freyas und sein Kater verursachten dieses Taumeln. Er überlegte erst zu fragen, ob Freya ihn verarschen wolle, doch dann hakte er eine Nuance ruhiger nach:

„Du hast mir nicht geantwortet – was ist mit unseren Familien, unseren ganzen Sachen?"

„Meine Familie ist in den USA. Die vermisst mich nicht und alle materiellen Güter, die ich zurück gelassen habe sind ersetzbar und irrelevant. Deine Dinge, lieber Marcus, sind es ebenso und du weißt es. Und nun ja... deine Freunde und deine Familie sind nun die Bindungen, welche den Sprung in den Eskapismus so schwer machen. Vielleicht ist das nicht bei jedem so, doch etwas opfern muss man bei einem so gravierenden Schritt immer. Ich werde Gesa vermissen." antwortete Freya ruhig und blickte traurig aus dem Fenster. Dörfer, Wälder, Wiesen flogen vorüber. Die Landschaft war mittlerweile bereits sehr bergig, also waren sie schon in Mittel-, oder Süddeutschland, obwohl die Sonne noch nicht ganz im Zenit stand.

„Bitte erzähl mir den ganzen Ablauf von gestern Abend genau und sag mir warum wir überhaupt nach Zürich fahren!" sprach Marcus nach einigen Minuten des Schweigens leise und sein Blick fiel auf Freyas Hand, die noch immer die seine hielt und leicht streichelte.

„Wir fahren gar nicht nur nach Zürich, sondern von da aus noch weiter in ein Dorf nach Südwesten." erklärte sie.

„Was für ein Dorf?"

„Ich denke nicht, dass dir der Name etwas sagen wird. Ich bin schon seit ich denken kann im Winter dort gewesen. In der Nähe dieses Dorfs haben meine Eltern ein Urlaubshäuschen, denn sie sind begeisterte Wintersportler. Das Häuschen ist klein aber sehr komfortabel und es liegt idyllisch, ruhig und abgeschieden. Dies ist unser Ziel." sie schwieg kurz, dann fuhr sie fort: „Du willst den Abend noch einmal besprechen?"

„Nur ab da wo ich zu weinen anfing." flüsterte Marcus bitter.

„Nun gut... Also ich versuchte dich zu beruhigen und zu trösten, mein Entschluss war klar. Er war gefasst von der Sekunde an, wo du mich um Hilfe anflehtest. Ich bekam dich erst nach einigen Minuten beruhigt. Dann half ich dir auf. Erst hier bemerkten Gesa und Stephan, dass etwas nicht stimmte. Ich hab' Gesa einige Sekunden angesehen, legte ihnen einen Fünfzig-Euro-Schein für die Getränke auf den Tisch und hab zu den beiden gesagt wir müssten mal kurz hinaus. Ich stolperte dich stützend weg und wir sind zu mir nach Hause getaumelt."

Marcus versuchte zu schlucken, aber sein Hals und Mund war wie verdorrt, doch er hing so gebannt an Freyas Lippen, dass er es kaum bemerkte.

„Dort legte ich dich in mein Bett, du hattest unterwegs noch ein paar Male auf die Straße gekotzt und warst total fertig. Du bist sofort eingeschlafen. Ich hatte dich unterwegs noch noch gefragt, nachdem du dich vom Kotzen etwas gefangen hattest, ob ich dir wirklich helfen sollte und unter Tränen hast du es bejaht. Daraufhin hab' ich dich gefragt wo du wohnst und was du unbedingt brauchst. Was einen unersetzlichen Wert für dich hat. Darauf hast du geantwortet, es seien nur deine Notizbücher und du hast mir erklärt wo ich sie finde. Also hab' ich deinen Schlüssel genommen als du schliefst, bin mit einem Taxi zu dir gefahren, hab' die Bücher, einige Klamotten aus deinem Schrank genommen und in die Reisetasche, die auf dem Schrank stand, gepackt und bin zur Bank und zurück in meine WG gefahren. Du schliefst noch immer ruhig und ich packte meine Sachen, kuckte im Internet nach dem nächsten ICE und bestellte erneut ein Taxi. Dich zu wecken und ins Taxi zu schleppen war zwar nicht so leicht, doch du hast dich sachte führen lassen und ich hatte den Eindruck du warst gar nicht richtig aufgewacht. Ich hab' am Bahnhof die Tickets gekauft und wir nahmen einen Zug gegen sechs Uhr oder so. Und bis auf den Weg zum Taxi und in den Zug hinein hast du ununterbrochen geschlafen." endete Freya schließlich ihren Bericht.

Marcus' aktives Restgehirn schien wie ein rostiges Gitter bei Belastung zu zerbersten, durch all die Gedanken, die nun in ihm rasten. Er versuchte sich an irgendetwas zu erinnern, aber er nur ein schwarzer, drückender Brokatvorhang lag auf seinem Gedächtnis. Ein paar Mal glaubte er eine Erinnerung greifen zu können, doch er war sich nicht sicher, ob das nicht nur ein Bild seiner Fantasie, inspiriert durch Freyas Erzählung, war.

„Ihre Hand ist ganz glatt und warm." dachte Marcus endlich, das Nachsinnen aufgebend.

In ihrem Gesicht sah Marcus nun beim Aufblicken plötzlich all seine erträumten Hoffnungen aufleuchten. Es war nur ein kurzes Flackern, wie das eines Streichholz' im Luftzug, doch er sah es kurz und ganz klar ihn anblickend, bevor es im reellen Blick verschwand. Da saß eine Frau, wie Marcus noch nie eine gesehen und erlebt hatte und alles was er tat war mit Gewalt die frische Verbindung zwischen ihr und sich zu zerschlagen suchen?

„Was ist mit meinem Herzschlag?" fragte er sich erschrocken, nach diesem Leuchten. „So frei, obgleich ich auch voller Trauer bin, hab ich mich schon seit Jahren nicht mehr gefühlt!"

Die Chance zur Änderung und sei es die Änderung in der Flucht, lag nun eine Handbreite vor ihm zum Ergreifen – um ehrlich zu sein war sie doch schon ergriffen!

„Doch warum macht Freya all das so auf einmal? Ich kenne sie doch erst einige Stunden!" brauste der Zweifel und die ekelhaft erworbene Skepsis in seinem Hinterkopf auf.

„Hast du bitte was zu trinken für mich?" Sein Durst war quälend.

„Hier bitte!" Sie reichte ihm eine große Flasche Mineralwasser mit ihrem weichen Lächeln.

Nachdem durch die großen, gierigen Schlucke sein Hals im Feuer der Kohlensäure brannte drehte er sich wieder Freya zu. Noch heftiger als das Prickeln spürte er aber eine Frage auf seiner Zunge.

„Freya, warum tust du das alles für mich? Du kaufst teure Tickets, du schmeißt dein Leben weg und du versaust dir deine Zukunft! Warum?"

Freyas Blick war gekränkt, als sie ihm die Plastikflasche abnahm. Im Zudrehen der Buddel antwortete sie: „Ich tue hier ebenso viel für mich wie für dich, vielleicht sogar noch mehr für mich. Außerdem glaube ich nicht, dass ich mir die Zukunft versaue mit diesem Entschluss einen Menschen zu retten. Zumal dies eine saublöde Formulierung ist." Plötzlich wurde ihr Blick traurig und in gewisser Weise flehend. Sie legte die Flasche in ihren Schoß und ergriff beide Hände Marcus' als sie mit gesenkter Stimme fortfuhr: „Marcus du willst also, getrieben von all dem Druck den wir ausgesetzt sind, deinen bewundernswerten Mut wieder fallen lassen? Diesen Mut und sei er besoffen gewesen, den du in der Nacht hattest? Willst du die Chance deines Lebens verwerfen weil die Gesellschaft, welche dich langsam und betäubend tötet, solche Flucht verurteilt? Und dazu Marcus, willst du mir den Dolch der Enttäuschung zwischen die Rippen stoßen, indem du mich und meinen Plan von dir stößt, obwohl ich dir doch ein Segen sein will?"

Marcus' Herz hämmerte gegen seine Rippen. Jetzt sagte sie's auch noch selbst! Auch wenn er sich trotz seines Zustands einen zynischen Gedanken nicht erwehren konnte, denn warum fing Freya nun mit so einem belasteten Bild wie dem Dolchstoß an, musste er sich eingestehen:

„Freya hat letztendlich recht: Diese Gelegenheit ist einzigartig! Und warum hasst die verzehrende Gesellschaft solche Taten, wie die, die Freya und ich gerade ausführen?" Er beantwortete sich die Frage selbst indem er erkannte, dass es die Furcht war. Handelten nur genug Menschen derartig, so wäre der Staat der Fresser zum Sterben verurteilt. Und die Furcht spürte er nun auch wieder in sich hochkriechen.

Auge in Auge mit dieser beklemmenden Scham eine Verpflichtung, die er gar nicht eingegangen war, nicht nachzukommen, fühlte er eine weitere, letztendlich die gleiche Frage noch immer in sich brennen. Er fasste sich und fragte leise etwas direkter:

„Freya, sag, bist du in mich verliebt und springst du deshalb blind mit mir in diese Flucht?"

Wie ein Hammer auf Metall in der Nacht schlug diese Frage in das stille Gespräch hinein.

Freya blickte ihn an, aber diesmal ohne ihr festes Starren.

Nach Sekunden ohne Antwort, in denen ihr Atem schneller ging und ihre blauen Tiefaugen jeden Zentimeter von Marcus' Gesicht abtasteten während nur die Fahrtgeräusche des Schnellzugs in ihre Ohren flüsterten, antwortete sie endlich: „Natürlich Marcus!" Sie drückte seine Hände fester. „Vom ersten Moment an, wo ich dich in der Bar erblickte, wusste ich du wirst mein Leben verändern und unsere Liebe zueinander wird für uns der Boden unseres neuen Lebens!"

„Das klingt reichlich dick aufgetragen und märchenhaft." flüsterte Marcus, doch jedes Wort seines Zynismus tat ihm selbst weh.

Freya lächelte trotzdem kurz, machte aber gleich darauf wieder ihr ernstes Gesicht und sprach zu Marcus: „Du bescheißt dich ja selbst mit diesem Humor, denn ich sehe doch in deinen Blicken, dass du ebenso in mich verliebt bist!"

Natürlich hatte auch Freya damit recht. So unreal es Marcus auch vorkam: Freyas Wesen und dazu ihre Schönheit hatten ihn schon am Abend völlig verzückt. Mehr als einmal war ihm am vergangenen Abend und auch in der jetzigen Situation durch den Kopf gegangen wie ungewöhnlich er Freya empfand und dies obwohl Marcus sonst eher ein Faible für brünette oder schwarzhaarige

Frauen hatte – ganz gegenteilig zu Freyas strahlendem Blondschopf.

„Wie kann es sein, dass sie mich so fasziniert?" dachte er sich erneut, als er ihm die Bedeutung ihrer Aussage mehr und mehr bewusst wurde. Es war ihm als ging eine mystische, tiefe Aura von Freya aus, die innerhalb von nur wenigen Stunden eine heftige Sehnsucht nach ihrem intelligenten Geist (den Marcus in den Gesprächen des Abends entdeckt hatte) und ihrem makellos ehrlichen und selten natürlichen Körper entfacht hatte.

„Ja du hast recht, Freya!" antwortete er schnaubend durchatmend. Sein Entschluss war gefasst.

„Ich bin in dich verliebt und ich wage diesen irrsinnigen Eskapismus. Ich hoffe nur dann aus tiefstem Herzen, dass wir glücklich werden in unserem Mikrokosmos!"

„Solange der Makrokosmos keine Gnade kennt, sollten wir auf ihn pissen!" flüsterte Freya mit einem Lächeln zurück.

„Dann ist dies ein neues Leben?" stammelte Marcus leise und es konnte sich tatsächlich seit vielen Stunden wieder Freude in sein Gesicht zurück trauen. Mit dem Lächeln verschwand auch seine Unsicherheit: „Dieses verdammte Leiden

bringt mich schließlich keinen Schritt voran!"
dachte er sich fest bestimmt. Wie oft hatte er im
Stillen alleine seine Tränen nicht unterdrücken
können? Wie oft hatte er versucht sich seiner
Traurigkeit zu entledigen und war immer geschei-
tert? Wie oft hatte er des Nachts mal nüchtern,
mal betrunken und oder bekifft am Rande des Ha-
fenbeckens gestanden und dabei bei sich gedacht: „Es ist nur ein kleiner Schritt nach vorn.
Nur ein einziger Schritt!"

Natürlich war diese Flucht träumende Spinne-
rei! Natürlich Eskapismus und keine klärende Lö-
sung der Lebensprobleme Marcus'. Doch er straff-
te sich plötzlich im Erkennen wie ein Segel im ersten Wind nach langer Flaute, der endlich die Bewegung wieder bringt, als ihm Gewahr wurde,
dass auch Spinnereien eine Erfüllung und auch
Ausflüchte neue Möglichkeiten sein können.

„Wir werden den geträumten Weg der Idioten
gehen, Freya!" fügte er mit Nachdruck hinzu und
nun drückte er fest und doch zärtlich Freyas Hand.

„Bitte küss mich!" flüsterte Freya nun.

„Ich weiß nicht... Ich schmecke nach Schnaps,
Kotze und Schlaf. Nicht gerade sehr anziehend."

Doch da hatte Freya ihre Lippen schon auf die
seinen gedrückt. Marcus schloss kurz die Augen.

„Wann bin ich das letzte Mal geküsst worden?"
fragte er sich. Es war ziemlich lange her. Die Zart-
heit des Kusses glich Freyas Händen und füllte ihn
mit Wärme, dennoch löste sich Marcus gleich wieder langsam aus ihm. Noch war es nicht an der
Zeit sich ganz kopfüber zu verlieren - reinzuspring-
gen in eine andere Welt - so verführerisch es auch
war. Er war zu deprimiert und fühlte sich zu elend,
um sich mit Verantwortung und Respekt ganz in
Freyas Liebe werfen zu können, der er, da sie erst
einige Stunden alt war, ihr auch noch nicht auf
das Tiefste vertrauen konnte. Freyas vollblaue Augen blickten ihn jetzt ohne zu Starren aus ganzer
Tiefe an.

„Jetzt ängstigt mich dein Blick nicht mehr, weil
ich ihn nun verstanden habe!" sagte Marcus mit
einer Art Lächeln und Freyas Antlitz strahlte vor
dankbarer Freude.

„Eine Frage hab' ich aber noch..." begann er
jetzt schon wieder stammelnd
„Haben wir... gestern noch... Sex gehabt?"

Freya brach in ein kurzes, doch heftiges Lachen aus. Sie sah dabei so hinreißend aus, dass
Marcus trotz dieser Reaktion auch lächeln musste.

Sie fasste sich nach einigen Sekunden wieder
und antwortete luftholend:

„Ob wir beide in der Nacht gefickt haben? Marcus, du hättest es gestern nicht mal geschafft meine Muschi zu entblößen, selbst wenn ich ein' Rock mit nix drunter getragen hätte! Du bist sofort weggepennt, als du auf meiner Matratze lagst!" Freya schien kein Problem mit klarer Sprache zu haben. Es gefiel Marcus.

„Gut." sagte Marcus, obwohl sein Körper sich überhaupt noch nicht gut anfühlte. Er stand schwankend aber mit jubelnder Brust auf. Sein Herz ballerte gegen seine Rippen und in seinem Kopf drehte sich alles.

Als er erleichtert und etwas erfrischt von der Toilette wieder kam, kaute Freya Brecht lesend auf einem belegten Brötchen und hatte weitere eingepackte Brötchen auf dem Schoß.

„Magst du was essen?" begrüßte sie ihn wieder.

„Wo hast du die Brötchen her?"

„Aus dem Bordbistro."

Marcus konnte sich die Preise eines Bordbistros in einem ICE vorstellen und er fragte sich plötzlichen erschrocken wie Freya überhaupt diesen wahnwitzigen Plan finanzierte.

„Sag mal: wo hast du das ganze Geld her? Die Tickets für den ICE müssen doch schon ein Vermögen gekostet haben!"

Freya antworte lächelnd als Marcus sich setzte und ein Brötchen nahm: „Ich hab dir doch gesagt, dass meine Eltern eine eigene Ferienhütte in der Schweiz haben. Da kannst du dir doch denken wie meine Familie betucht ist."

In der hochkriechender Peinlichkeit dachte Marcus an seine Eltern, die ihn weder materiell noch mit sonstiger Zuwendung je übermäßig verwöhnt hatten. Er stammte aus einer kleinbürgerlichen Familie, in der Arbeitsfleiß und gleichzeitige Genügsamkeit, die teils mehr zum Geiz als zur Bescheidenheit tendierte, dominant waren.

Trotzdem hatte er seine Eltern nie als konservativ eingeschätzt. Nun bezahlte ein hübsches Mädchen für ihn, dem Unbekannten, ohne Zögern größere Summen.

„Du finanzierst einfach alles hier mit dem Geld deiner Eltern?"

„Nein, das ist schon mein Geld. Ich bekomme zwar Unterhalt von Ihnen, aber ich kümmere mich alleine darum, dass das Geld gut angelegt ist."

Marcus schwieg und in seinem Herzen rangen Verwirrung, Erstaunen und Kritik wüst miteinander.

Freya spürte die leichte Enttäuschung genau und verteidigte sich: „Man kann sich die Vorteile des Systems ja schon annehmen, sollte nur seine Menschlichkeit dafür nicht verscheuern!"

Marcus versuchte es zur Beruhigung mit einem Brötchen, doch sein Magen fühlte sich noch immer wie eine Waschmaschinentrommel an. Nach der Hälfte legte er es auf das Papier zurück.

Freya, die selbst ziemlich entkräftet war, nickte bald ein, mit den grazilen Fingern auf Marcus' Oberschenkel liegend. Beim Blicken aus dem Fenster, sah Marcus die Sonne allmählich die schwach beleuchteten Weiten erhellen, während die bergige Landschaft unablässig vorbei flog. Auch er fiel dabei nochmal in einen ruhigeren Schlaf.

Mit der großen und schweren Reisetasche über der Schulter stieg er einige Stunden später auf dem Bahnsteig aus, in eine Menschenmenge hinein. Freya, ihm folgend, schaute sich vergnügt um.

„Komm wir kucken nach dem nächsten Zug, der uns weiterbringt." sagte sie so freundlich ihn bei der Hand nehmend, dass Marcus nicht umhin kam trotz seiner Sorgen zu lächeln.

Dass Freya nicht das erste Mal auf dem Hauptbahnhof Zürich war, merkte Marcus sofort, denn sie ging zielstrebig voran zu einer Anzeigetafel.

„Ach scheiße! Unser Zug ist gerade weg! Wir müssen noch anderthalb Stunden warten! Aber keine Angst: ich kenne hier ein tolles Café!" sagte Freya ohne überhaupt verärgert zu klingen nach einem kurzen Blick auf die Anzeige.

Freya lenkte sie beide zu einem kleinen Café direkt in der Nähe des Bahnhofs. Marcus war noch nie in Zürich oder überhaupt der Schweiz gewesen, doch er konnte nicht richtig seinen Blick über die unbekannten Straßen, Plätze und Gebäude schweifen lassen, da saß er schon wieder, diesmal in einer gemütlichen, dunklen Ecke auf einer Couch.

„Warte kurz hier, bitte! Ich gehe mal eben Geld wechseln!" sagte Freya zu ihm.

„Ich brauche doch auch Franken!" stammelte Marcus, dem dies just in dem Moment klar wurde und er wollte wieder aufstehen.

„Bleib sitzen, Marcus! Alles Geld welches du noch hattest, hab ich schon an mich genommen. Wir haben jeweils nun kein Geld mehr, das unser eigenes ist." antwortete sie lässig und deutete auf ihren Busen, auf dem sich unter ihrem Pullover ein Brustbeutel abzeichnete.

„Aber– ich äh... ich hatte doch nur vielleicht dreißig Euro, mehr nicht!" Marcus schoss Schamesröte ins Gesicht. „Außerdem können wir doch nicht einfach all unser Geld so zusammen– " Er verstummte unter Freyas Blick.

Es war ein harter Blick voller Enttäuschung, der dennoch nicht die Vergebung und Nachsicht ausgeschlossen hatte. Es war ein Blick von der Art, wie man kleine Kinder mit ihm bedenkt, die unartig reden oder handeln, dabei aber Angst verspüren, sodass man ihnen nicht ernstlich böse sein kann.

Erneut fühlte Marcus etwas moralisch in sich winden, doch da kam ihm just eine Erinnerung harsch zugeflogen. Sie streifte ihn kurz aber hart:

Als er noch keine zehn Jahre alt gewesen war, hatte ihm ihm eine entfernte Verwandte einige Hundert Rubel geschenkt. Marcus hielt sie in seinen Kinderhänden und konnte die Macht kaum fassen! Die Hundert war eine magische Zahl: unvorstellbar reichhaltig für ein unschuldiges Gemüt. Und all seine Träume hatte er nun in seinen Händen.

Die Struktur des vergangenen Staates, noch immer sichtbar um ihn herum, konnte er sich privat nun im eigenen, frühen Luxus wegkaufen. Er sah die glänzenden Spielsachen. Er sah die beeindruckten Freunde und Klassenkameraden. Er sah das eine Mädchen, das in seine Klasse ging und das vielleicht nun im Materialismus zu ihm käme. Die Sonne schien hell und warm, die graue Knauserigkeit von seinen Eltern war überwunden.

Zumindest so lange, bis man ihm nach einigen Stunden sagte, was seine Geldscheine hier wert waren. Marcus' Großmutter, die nun an ihrem Lebensende in ihrem fünften Deutschland angelangt war, lachte spöttisch ob der kindlichen Naivität. Er erinnerte sich, wie schlecht er diese Nacht geschlafen hatte und er hatte das Gefühl, wieder einmal nicht wertgeschätzt worden zu sein. Sicherlich zu unrecht. Und doch vielleicht wieder einmal ein wenig zu sehr ein Opfer einer indoktrinierten Sparsamkeit geworden zu sein. Material hin oder her.

Nun war er ein Mann geworden, der dem ganzen Kaufen und erkauften Träumen mit Abscheu und Wut gegenüberstand. Doch er wusste, dass der Luxus nicht die Schuld hatte. Er wusste, dass die Verteilung desselben das Problem war. So plump wie es auch erschien. Und vor ihm saß nun eine wunderschöne Frau, die ihm sagte, dass es egal sei, dass er kein Geld habe, denn sie habe es ja.

An Freya schien nichts protzig. Sie trug keinen sichtbaren Schmuck, ihre Kleidung war fast von uniformer Schlichtheit: ein kurzer, grauer Rock über schwarze Leggings, eine schwarz-weiße Trainingsjacke, Leinenturnschuhe in dunklem Grün.

Marcus begriff jetzt: „Ich kann in keinen eskapistischen Traum mit dem Ballast der alten Normen aufsteigen."

Schließlich sah er Freya an und nickte. Sie lächelte, ging ohne ein weiteres Wort hinaus. Als sie wiederkam hatte sie keinen einzigen Euro mehr bei sich.

Die beiden aßen Rührei mit Toast und tranken schwarzen, starken Kaffee dazu. Freya bezahlte die Zeche, indem sie einfach einen Fünzig-Franken-Schein auf den Tisch legte und strahlend ihre Reisetasche griff.

„Es geht weiter Richtung Südosten!" sagte sie zu Marcus und verließ das Café. Als sie bald darauf in der Regionalbahn saßen, versuchte dieser sich zu erinnern, was er eigentlich geographisch von der Schweiz wusste. Es war nahezu gar nichts. Es war bereits späterer Nachmittag gewesen, als beide in Zürich weiter fuhren und erst am frühen Abend kam der Regio endlich in dem Dorf des Reiseziels an, als die Sonne schon begann hinter den hohen Bergkuppen zu versinken.

Marcus kannte diese Art Berge und Landschaft nur aus dem Internet und TV. Alles gefiel ihm im Reiz des Neuen.

Freya kuckte sich nach einem Taxi um und tatsächlich stand ein vereinzeltes vor dem winzigen Bahnhof. Ein glücklicher Zufall, denn das Dorf war tatsächlich sehr klein und bereits zur frühen Abendstunde war kein Mensch mehr auf den Straßen zu erblicken.

„Warum sind hier keine Passanten oder so was?" fragte Marcus.

„Tourismus gibt es eigentlich nur in den Wintermonaten richtig und wohnen tun hier echt wenig." erklärte ihm Freya.

Marcus schwieg und hievte schließlich, nach kurzem Verhandeln mit dem Taxifahrer, beide fetten Taschen in den Kofferraum der Limousine, um dem älteren Herren etwas zur Hand zu gehen.

Er und Freya nahmen auf der traurig schwarzledernen Rückbank Platz, während vorne der Fahrer mit starken Akzent munter drauflos schwätzte.

Marcus verstand weniger als die Hälfte von dem belanglosen Gerede, obwohl der ältere Herr bemüht war eine Art Hochdeutsch zu reden. Freya hingegen schien an den Akzent gewöhnt zu sein und beteiligte sich höflich an dem Smalltalk, der sich darum drehte, dass Touristen um diese Jahreszeit hier eine Seltenheit waren.

Das verschlafene, idyllische Dorf blickte ihn stumm zurück an, wie er es schweigend aus dem Autofenster beobachtete und die von einigen Berggipfeln zerschnittenen Sonnenstrahlen der Abendsonne blendeten ihn.

Noch eine ganze Viertelstunde dauerte es, bis das Taxi auf dem Ende einer teils geschotterten, teils asphaltierten Bergstraße hielt. Während Freya den Fahrer bezahlte hob Marcus erneut die Taschen aus dem Wagen. Dabei blickte er sich in Ruhe um:

Unter ihm weit ausgebreitet lag ein schönes Tal nur in einiger Entfernung durch aufragende Gipfel eingeengt. In dem Tal erkannte Marcus vorn liegend das kleine Dorf und weiter hinten die Bahnlinie mit der sie gekommen waren, kleine Flüsschen und weitere Berge. Er drehte sich um und sah etwa dreihundert Meter entfernt auf einem kleinen Plateau an den Berggipfel geschmiegt ein Häuschen. Hinter diesem stieg der Berg noch einige wenige Meter an und war von festen Tannen bewachsen. Das war eine stereotypische Heidialm für Marcus!

Mit dem Gepäck vor seinen Füßen stand er und schaute, als hinter ihm das Taxi wieder losfuhr.

„Die Hütte liegt malerisch, nich'?" flüsterte Freya zärtlich näher tretend.

Marcus schwieg. Überwältigt von der Schönheit, aber auch von dem zu erahnenden Luxus eines solchen Ferienhäusleins.

„Meine Eltern nutzen den Hügel als kleine Skiabfahrt im Winter."

„Gibt es keine anderen Häuser hier?" fragte Marcus, sich losreißend aber immer noch mit Erstauen.

„Naja, am Fuße des Berges, direkt an der gegenüberliegenden Seite gibt es ein kleines Hotel, sonst nichts weiter. Das Hotel ist ziemlich abgeschieden und das ist natürlich sehr angenehm, da hier nie großer Stress ist. Dennoch haben wir Glück mit dem Hotel, denn die Strom und Wasserversorgung aus dem Dorf geht hier entlang, dadurch müssen wir auf keinen Komfort verzichten! Ziemlich dekadent eigentlich..." Freya lachte.

„Nicht der Standard, auf jeden Fall!" sagte Marcus, der ein Plumpsklo erwartet hatte, und hob sich die schwere Tasche auf die Schulter und ging Freya hinterher die ansteigende Wiese hinauf zum Häuschen.

„Wird denn hier nicht eingebrochen, so einsam wie euer Häuschen liegt?" fragte er.

„Naja im Grunde genommen wäre das schon gut möglich, aber ich denke die Kriminalität ist hier recht niedrig und natürlichen haben meine Eltern die Hütte ziemlich aufwendig gesichert." erklärte Freya nicht ohne Nachdenklichkeit, ging dann aber zügig weiter.

„Wow, ganz schön steil!" sagte Marcus schließlich oben angekommen und sich den Schweiß abwischend.

Freya zog ein Schlüsselbund aus der Rocktasche. Sie murmelte mehr zu sich selbst als zu Marcus: „Daran wirst' dich gewöhnen müssen! Wenigstens bleibst du dann fit."

„Beziehungsweise werde es überhaupt erst mal wieder nach ewigem hanseatischen Phlegma und Drogenmissbrauch." antwortete Marcus bitter, während er sich nochmal umdrehte:

die hohen bewaldeten Bergflanken rahmten das Tal, das von der Wiese im Vordergrund, den Straßen, dem Fluss und dem Dorf im Mittelgrund und der Weite der Natur horizontisch im Hintergrund bestimmt wurde.

„Immer rein in die gute Stube!" referenzierte Freya einen bekannten norddeutschen Spruch und stieß die Tür auf. Marcus nahm das Gepäck wieder auf und trat ein.

Kapitel II

Der Berghütte fehlte es wirklich an nichts wie Marcus alsbald feststellte. Dennoch sah er sich zuerst verwirrt im kleinen Flures um, nachdem er reingekommen war.

„Hier ist die Garderobe und die Schuhablage. Alles etwas zusammen gequetscht, aber der Platz hat bisher immer gereicht!" erklärte Freya das Offensichtliche.

Sie öffnete die Tür zur Linken: „Das ist das Kernstück– die Wohnküche!"

„Gemütlich!" befand Marcus ehrlich, nachdem sein Blick über einen bescheidenen Fernseher, eine Stereoanlage, der kleinen Anrichte mit den Küchengeräten, einer Sitzecke sowie zwei überladenen schmalen Bücherregalen gewandert war.

„Hier ist das Bad…" sagte Freya hinter Marcus, wieder im engen Flur stehend und zögerte, als ob sie überlegte das eben genannte gleich aufzusuchen. Sie schien sich aber anders zu entscheiden und ging geradeaus in eine andere Tür, während Marcus folgte und dabei ein Blick in das Badezimmer warf. Eine Waschmaschine für einen Singlehaushalt, Waschbecken, Toilette, Wäschekorb standen optimiert an den Wänden aufgeteilt und nur die Dusche war das größere Objekt im Raum, sowie ein kleiner Durchgang zum Fenster, hinter dem gerade sich gerade still die Tannen am aufsteigenden Hügel wiegten.

„Das hier ist der Lagerraum, beziehungsweise ein Durchgangszimmer."

Marcus trat zu Freya in den hellen Raum. War der Rest modern und dezent luxuriös eingerichtet worden, so war dieser Raum spartanisch. Ein

Tisch, drei Stühle und 2 große, klobige alte Lagerschränke.

„Hier sind hauptsächlich Kleidung, Wintersportkram, Werkzeug und Konserven drin." demonstrierte Freya, indem sie einen Schrank öffnete.

„Dann bleibt hier nur das Schlafzimmer?" fragte Marcus und öffnete die Tür. Es roch ein wenig abgestanden und dumpf im holzgetäfelten Raum mit der Schrägdecke über dem großen aber ansonsten schlichtem Bett neben dem zwei Nachttischchen.

„Gefällt's dir?" fragte Freya fast schnurrend.

Marcus konnte ihren Tonfall nicht deuten oder wollte es vielmehr nicht, doch antwortete er ehrlich: „Die Hütte ist traumhaft!"

„Ja, alles da, was man so braucht und man kann hier gut leben, wenn man mit der Einsamkeit klarkommt." Freya wandte Marcus ihre makellose Rückseite zu und ging mit einer Essenskonserve in die Küche.

Bald saßen beide an dem Tischchen und aßen Ratatouille. Nach dem Abendbrot blieben sie noch ein wenig sitzen und erzählten vorsichtig im gänzlich nüchternen Erwachen miteinander.

„Erlaubst du mir Pathos?" fragte Marcus ernst.

Freya verstand es als Scherz, lächelte und antwortete: „Gern! Wenn du möchtest."

„Ist dies also der erste neue Tag in einem anderen Leben, einer anderen Welt?" Sein Gesicht verzog sich um keinen Deut.

„Das ist es scheinbar– der erste und der ewige Tag!" gab sie zurück und auch ihr Gesicht wurde nachdenklich trotz immer aufgeblaseneren Worten.

„Dann so!" sagte Marcus erhob sich und griff das Geschirr. „Ich wasche ab!"

„Ich bin denn mal duschen!" gähnte Freya und fuhr sich zerstreut durch ihr blondes Haar und stand auch auf.

Mit den Händen im warmen Spülwasser und alleine im Zimmer wurde Marcus müde und schwach, während gleichzeitig sein Kopf schmerzte, in welchem die Gedanken wild tobten. Sein Haupt an den Küchenschrank lehnend schloss er die Augen und versuchte die ganze Situation zu begreifen und trotz seiner Angst und den körperlichen Nachwirkungen des Katers Ruhe und Zufriedenheit zu finden.

„Ich habe die Möglichkeit mit einer Frau, die der unmöglichen Perfektion verdammt nahe kommt und mich zu lieben scheint, mein ganzes beschissenes altes Leben fortzuwerfen! Woher kommt diese Angst und dieses Gefühl, dass dies nicht moralisch richtig ist?" stach die Frage sich durch sein Hirn. Er fand keine Antwort und versuchte seine Unbehagen zu ignorieren.

Der Abwasch war getan, Marcus zog den Stöpsel, ging ins Bad, das mittlerweile frei war.

„Da schaut ein alter kranker Mann aus dem Spiegel!" erschrak er sich selbst, als seine eigenen müden Augen ihm entgegen blickten.

„Vielleicht werde ich mich hier ja wieder verjüngen?" flüsterte er leise zu sich und begann sein trauriges Antlitz, diese fertige Fresse und Brust sowie Achseln zu waschen.

Nach dem Zähneputzen schleppte er sich in das Schlafzimmer. Es brannte zwar sein Nachttischlämpchen im angenehmen Schein, aber Freya lag bereits links im Bett unter einer schwarz-weinroten Decke. Ihre Atemzüge waren tief und ruhig. Marcus legte sich in seinen Boxershorts auf die rechte Seite und schaltete das Licht aus.

Das Morgenlicht blendete klar durch die zwei keinen Scheiben. Draußen sangen leise die Vögel: jemand hatte eines der Fenster angekippt. Marcus brauchte mehrere Sekunden um zu begreifen wo er überhaupt war. Nahezu schmerzhaft erinnerte er sich an den letzten und vorletzten Tag, nachdem er so tief und traumlos geschlafen hatte.

Wie ein Blitz fielen ihm plötzlich seine Eltern ein, die ihn bestimmt die Tage anrufen wollten, doch Marcus wusste, dass Freya sein Smartphone sowie das ihrige ausgeschaltet bei ihr Zuhause gelassen hatte. Den Gedanken beiseite schiebend stand er auf und konnte tatsächlich etwas Positives am erholsamen Schlaf, der Sonne und dem Gesang der Vögel draußen fühlen. Er kuckte in das leere Bett und ordnete jetzt erst die entfernte Musik aus der Küche Freyas Aktivität dort zu. Rasch in T-Shirt und Schlaghose geschlüpft ging er dem Kaffeeduft und Brötchengeruch folgend, die immer am Besten in Anbetracht von gutem Wetter und einem freien Tag riechen, in die Küche.

„Guten Morgen!" lächelte sie ihm beim Aufdecken der Teller entgegen. Ihre Zähne und ihre halblangen Goldsträhnen, in einem lockeren Dutt gefasst, brannten durch das einfallende Sonnenlicht befeuert.

„Morgen!" sagt Marcus verschlafen mit tiefer Stimme und erkannte die Musik als ein Soloalbum des einstigen Pink Floyd Frontmanns Syd Barrett.

„Dein Timing ist genau richtig! Es ist alles bereit!" Sie holte die Brötchen aus dem Ofen, stellte sie zum dampfenden Kaffee und einigen Käsescheiben sowie zwei Marmeladen.

„Du hättest mich wecken können, dann hätten wir zusammen das Frühstück gemacht!"

„Selbst wenn ich versucht hätte dich zu wecken, glaub ich nicht, dass du aufgewacht wärst. Du sahst so aus als ob du im Koma lägst!" sagte sie mit einem leisen Lachen.

„Wo sind die Lebensmittel her?" fragte er sich setzend. Marcus hatte nur Konserven in der Hütte gesehen.

„Ich hab' gestern noch fix nach dem Abholen des Geldes in Zürich das Nötigste gekauft. Wir müssen heute aber richtig Zeug holen, für etwas länger." antwortete sie und setzte sich ebenfalls.

„Guten Hunger!" sagte sie noch, strahlte Marcus an, gab ihm ein Kuss auf die Wange und griff nach einem Brötchen.

Marcus spürte das ungewohnte Gefühl auf seiner Wange und tat zur Ablenkung einen vorsichtigen Schluck an der Tasse. Der Kaffee war heiß und stark– das was er als guten Kaffee empfand.

„Aber wie kommen wir ins Dorf runter? Ich hab' kein Telefon gesehen, mit dem wir ein Taxi rufen könnten!"

„Wir haben auch kein Telefon hier. Alle haben ja Handys."

„Ja, aber du hast unsere doch zurück gelassen, dachte ich?" Marcus war verwirrt.

„Richtig! Wir haben keine Handys und brauchen auch keine. Also müssen wir selber ins Dorf fahren!"

„Wie das?"

„Lass dich überraschen!" antwortete sie mit breitem Grinsen. Marcus fragte weiter, doch Freya lächelte nur und sagte nichts weiter.

Trotz der unbeantworteten Nachfrage stieg Marcus' gute Laune nach dem Frühstück noch weiter.

„Soll ich dir beim Abräumen helfen, oder kann ich schon duschen gehen?" fragte er nach dem Essen.

„Nein, nein! Is' schon okay, geh nur! Ich räume eh nur ab. Geschirr kannst du später abwaschen!"

„In Ordnung!"

Marcus ging ins Bad, zog die Tür hinter sich zu, entledigte sich seiner Kleidung und stieg in die großzügige Dusche.

Das heiße Wasser strömte beruhigend und angenehm auf ihn nieder. Seine langen Locken durchweichten sogleich und klebten an seinem Rücken und über seinen Schultern auf der Brust. Er schloss die Augen und schaffte es endlich an nichts Spezifisches zu denken. In seinem Kopf spielte irgendeine bekannte, ihm liebe Melodie und er genoss die Sekunden. In dem Moment hörte er die Tür leise ins Schloss zurückfallen und er öffnete die Augen...

Etwa eine dreiviertel Stunde nachdem Marcus die Dusche verlassen hatte, trat er in frischen Kleidern über die Schwelle der Hütte hinaus in die Frühlingssonne, die ihn warm umfasste.

„Ich bin hier hinter der Hütte!" hörte er Freya rufen, die kurz vor ihm hinaus gegangen war.

Marcus ging um die linke Ecke: „Soso, einen kleinen Schuppen habt ihr auch noch?"

Er ging zu dem kleinen Schuppenanbau zwischen Badezimmerfenster und Wohnküchenfenster.

Freya stand im Türrahmen.

„Was ist hier alles drin?" fragte er neugierig.

Sie lächelte: „Hier der Wasserboiler, Tisch und Klappstühle und dies hier – voilà!" Beiseite tretend gab sie den Blick frei auf ein rostiges Damenrad mit zwei platten Reifen einer Schweizer Firma, dessen Name Marcus noch nie gehört hatte.

„Ach du Scheiße!" entfuhr es ihm.

„Ach wat! Damit geht's in die Stadt!" lachte Freya.

„Ma' ehrlich, Freya... Die Chaise kommt doch keine hundert Meter weit!"

„Quatsch! Du pumpst ein wenig die Reifen auf und denn is' gut! Ich denke nicht, dass die Schläuche geflickt werden müssen, die sind nur plattgestanden. Meine Familie hat das Fahrrad irgendwann mal gebraucht gekauft– für alle Fälle. Aber wir haben's nie genutzt, da wir ja immer ein Auto hier hatten. Nun steht das schon seit Jahren da." erklärte sie überzeugt.

„Nun gut!" Marcus nahm die Pumpe vom Rahmen drehte die Staubkappe vom Ventil und fing zu pumpen an. Freya blickte ihm einige Sekunden still zu, ließ dann ihren Blick über die Landschaft schweifen. Schließlich fragte sie: „Marcus fährst du bitte in das Dorf? Ich räum' dann ein bisschen die Hütte auf und mach sauber!"

Marcus hielt mit dem Pumpen inne: „Ähh... ein wenig klischeehaft die Arbeitsteilung, oder nich'?"

Freya verzog den Mund und sah ihn kritisch an, lachte aber nach zwei Sekunden und erklärte: „Ich hab aber echt keinen Bock mit ’nem schweren Rucksack Rad zu fahren! Und ich denke, es sieht keine Feministin außer mir, wenn du fährst!"

„Von mir aus!" Marcus grinste „Aber dann musst du mir noch erklären, wo genau ich den Supermarkt finde und was ich kaufen soll."

„Okay kein Problem! Ich geh noch mal rein und schreib dir ’nen Zettel."

Als Marcus das Fahrrad, jetzt fahrtüchtig, aus dem Halbschatten schob, kam Freya wieder um die Ecke.

„Ah! Sieht doch wieder richtig gut aus der Drahtesel!" lächelte sie.

„Wird wohl gehen. Die Bremsen machen’s jedenfalls auch noch ganz gut. Bei den Bergen sind die logischerweise wichtig!" sprach Marcus die Handbremse ziehend, nachdem er zuvor schon den Rücktritt geprüft hatte.

Hier ist der Einkaufszettel und mein MP3-Player. Dann kannst’ unterwegs bisschen Mucke hören."

„Oh! Cool, danke!" antwortete Marcus erfreut wie etwas perplex über Freyas Gedanken.

Mit Rucksack, Schweizer Franken (welche sich Marcus erst einmal in Ruhe begutachten musste, da er die Münzen und Banknoten noch nie vorher gesehen hatte), dem Einkaufszettel und einer Wegbeschreibung im Kopf setzte er sich auf das Fahrrad. Freya küsste ihn nochmals und dann stöpselte er sich die Kopfhörer in die Ohren und fuhr den Abhang zum Beginn der Straße hinunter.

Das klapprige Fahrrad kam gefährlich zackig auf Touren, während Marcus die steile Straße hinab rauschte und sich von Freyas Musikgeschmack verzaubern ließ. Im Wäldchen, durch das die Straße führte, warf die Sonne frisch Frühlingstrahlen durch das Zweigendach, die in stechendem Glanz auf der Straße fleckig zersplitterten. Marcus fühlte das erste Mal seit den vielen Stunden mit Freya an seiner Seite die Ruhe des Alleinseins wieder, doch statt der kalten Hand der Melancholie, die wie sonst üblich sich mit der Einsamkeit um ihn schloss, fühlte er eine wüst überschäumende Freude durch sein Körper perlen.

„Bin high von der Situation!" dachte er sich und hörte Jazz, vertrackte Elektromusik und solide Rockklassiker der Sechziger und Siebziger in seinen Ohren. Marcus hörte ziemlich ähnliche Musik, vielleicht nur etwas weniger melodiös stellenweise, doch seine Zuneigung für Freya stärkte sich gravierend. Musik war für ihn noch immer einer der stärksten Emotionsausdrücke, der überhaupt möglich war.

Er legte den Weg zurück, den Freya und er am gestrigen Abend mit dem Taxi gefahren waren. Im Nehmen einer scharfen Serpentine erklang ein smoothes Jazzpianosolo in seinen Ohren, das konträr zur entspannten Attitüde Dissonanzen spielte. Und als Marcus aus der Kurve fuhr, lag das Dorf vor ihm ihn der Sonne.

Der Supermarkt war in Anbetracht der Dorfgröße schnell gefunden. Er stellte das Fahrrad in den leeren Ständer, nahm einen Einkaufswagen und betrat das kleine Gebäude.

Marcus warf nachdenklich Haushaltssachen, Lebensmittel aber auch ein paar Süßigkeiten in den Wagen. Anfangs versuchte er die Preise in Euro umzurechnen, da er aber den Wechselkurs nur grob wusste und sowieso in Mathematik schon immer mies gewesen war, kaufte er letztendlich einfach die günstigsten Sachen, die ihm zusagten.

Mit Geduld ordnete er nach dem Bezahlen die Lebensmittel in den Rucksack und in einem Stoffbeutel auf den Gepäckträger. Das Fahrrad besaß nur eine weniger üppige Drei-Gang-Nabenschaltung und mit dem schweren Gepäck kam er nach einigen Minuten stark ins Schwitzen, als er sich die ersten Steigungen wieder hinauf quälte. Die Musik entschädigte ihn etwas. Wütend solierte ein Saxophon über verschiedenste Skalen, Ghost-changes. Es goss leuchtend Frust, Trauer und Hoffnung in die Musik und Marcus, der ja selber Saxophon spielte, erkannte die Qualität. Die letzten Meter stieg er aus dem Sattel trat gleichsam wütend zu.

Freya saß in der Sonne auf einer Bank vor der Tür und stand auf als sie Marcus erblickte. Ihr Lächeln und ihr Haar strahlten im Licht mit der Sonne zusammen und konkurrierten dennoch mit ihr.

„Na? Du hast dich ja ziemlich beeilt!"

„Ich kann noch nicht zulange alleine hier in Arkardien rumlaufen oder fahren, da bekomm' ich ja Angst, dass ich verkatert in meinem schmutzigen Bett im Norden aufwache und alles wieder nur Träume im Suff waren." sagte Marcus keuchend, selbst erstaunt über so viel Bissigkeit nach der anstrengenden Fahrt.

Über Freyas Gesicht zuckte ein kurzer Blitz des Entsetzens, dann nahm sie den Beutel vom Gepäckträger und brachte ihn ins Häuschen, wäh-

rend Marcus weiter schnaufend das Fahrrad weg-
stellte.

Als sie sich einige Minuten später auf die Bank
setzten war Marcus wieder beruhigt und erfreut
über seine Tour.

„Danke für dein' MP3-Player!" sagte er zu Freya und legte ihr das kleine Gerät in den Schoß,
dann nahm er einen Becher Limonade, den diese
ihm von einen Tablett gehoben hinhielt, entgegen.

„Gern geschehen!" antwortete Freya mit einem Lächeln. „Hat's dir gefallen?"

„Sehr! Diese progressive Jazzband? Die so einen wahnsinnig gutes Saxophon haben, wie heißen die?"

„Achso! Die heißen ‚Bobby's Trout Quintet'
oder so ähnlich. Ist 'ne Jazzband aus den USA.
Meine Eltern waren bei 'nem Konzert und haben
mir eine CD mitgebracht!"

Bei dem Wort „Eltern" fiel Marcus' wiederher-
gestellte gute Laune urplötzlich in sich zusammen.
Sein Gewissen rang sich rabiat in sein Bewusstsein zurück, sodass sein Hirn gleich anfing zu
schmerzen.

Freya bemerkte Marcus' Stimmungsverände-
rung sofort: „Marcus? Alles okay mit dir?"

„Mhm... ich hab nur gerade an meine Eltern gedacht. Wenn die versuchen mich anzurufen und ich gar nicht zu erreichen bin – vor allem über mehrere Tage – machen die bestimmt irgendwann Stress bei den Bullen oder sowas."

Freya drehte sich zu ihm um. Die Sonnenstrahlen erleuchteten in nahezu unnatürlicher Intensität ihre Saphiraugen.

„Niemand wird uns so schnell hier finden. Die Urlaubssaison ist noch fern, meine Eltern bleiben noch Monate im Ausland und sowohl das Dorf, die Bergwacht als auch die Hotelleute interessieren sich nicht für uns. Wenn du allerdings unbedingt deine Eltern beruhigen willst, da es für sie einfach besser wäre –"

„Es wäre ihnen gegenüber fairer. Ich kann nicht moralisch vertreten, dass sie sich nur Sorgen machen!" unterbrach Marcus düster.

„Wenn du sie beruhigen willst, habe ich eine Idee. Allerdings wirst du damit sofort am Anfang unserer Flucht, die Absolutheit unseres neuen Lebens brechen." schloss Freya unbeeindruckt.

„Ich weiß, dass ich damit gleich die Konsequenz dieser Entscheidung schmälere, aber ich will wenigstens meinen Eltern sagen, sie sollen sich nicht sorgen!"

„Und das wird sie davon abhalten sich Sorgen zu machen?" fragte Freya nicht ohne ein bitteres Lächeln.

„Nein, das wird sie auch beunruhigen, aber ich bin volljährig und ich denke sie würden mich letztendlich in Frieden lassen. Nur gar nichts zu sagen finde ich richtig beschissen!"

Freya schwieg kurz und wirkte sehr traurig und enttäuscht dabei. Nach einigen Sekunden hellte sie sich aber doch wieder etwas auf und sagte: „Nun, dann musst du machen, was du für richtig hältst. Ich habe sowieso scheinbar ein anderes Verhältnis zu meinen Eltern: Ich sehe sie schon seit Jahren vielleicht nur zweimal, dreimal im Jahr. Wir schreiben sonst nur E-Mails, aber selbst das nicht mal monatlich."

Marcus' Augenbrauen hoben sich im Erstaunen. Zwar hatte auch er kein intensives Verhältnis zu seinen Eltern und hatte es auch nie gehabt, vielleicht weil er immer auf sich alleine gestellt gewesen war, aber dennoch pflegten sie und er regelmäßigen Kontakt.

„Vielleicht kannst du versuchen mich zu verstehen." Er versuchte es nachdrücklich mit einem leichten Kuss. Sie fand ihr Lächeln abgemildert zurück.

„Ich muss ihnen wenigstens Bescheid geben. Nur wie? Bei einem Brief oder so sehen sie den Poststempel! Das könnte sie veranlassen die schweizerischen Behörden zu informieren."

Freya grinste schief.

„Is' doch so! Wie in einem Scheißagentenfilm." präzisierte Marcus und musste auch lachen.

„Ich weiß wie!" sagte Freya noch immer grinsend. Marcus blickte sie fragend an.

„Per E-Mail!"

„E-Mail? Gibt's hier Internet?" Marcus konnte nicht vermeiden, dass sein Ton etwas spöttisch klang.

„Hier in der Hütte natürlich nicht. Im Dorf sicher, aber wir brauchen nicht mal so weit!"

Marcus hob die Augenbrauen und blickte in Freyas Gesicht.

„Das Hotel auf der anderen Seite des Bergs– Die haben für ihre Gäste einen kleinen PC-Pool, natürlich mit Internet." erklärte sie breit lächelnd. „Meine Eltern und ich haben da schon ein paar mal Mails gecheckt und geschrieben, wenn irgendwie kurzfristig etwas Wichtiges dazwischen kam, während des Urlaubs. Damals, zu der Zeit als noch nicht jeder ein Smartphone hatte!"

„Das ist doch großartig! Wann können wir dahin?" freute er sich.

„Nun von mir aus sofort, aber eigentlich sollten wir vielleicht erst mal Mittag essen? Es ist schon nach zwei!"

Nach ein paar Broten mit frischem Salat und ein wenig Käse gingen Freya und Marcus den sanften Hügel hinan. Sie stiegen über die nahe bewaldete Bergkuppe hinter ihrem Häuschen bis sie auf einen Waldweg kamen. Dieser führte sie geradewegs hinab zum Hotel. Das gemütliche Hotel lag eng an einem Einschnitt im Berg geschmiegt und war im typischen Baustil der traditionellen Häuser gehalten. Unwillkürlich musste Marcus an Manns Zauberberg denken, wenn auch das Sanatorium „Berghof" wohl um ein vielfaches größer sein müsste und nicht so an einen Berghang gedrückt läge. Der Herr an der Rezeption starrte gelangweilt in seinen nebensaisonalen Arbeitstag hinein und war sichtlich erfreut über die Abwechslung, Besucher zu empfangen.

Er führte die beiden jungen Leute sogleich zuvorkommend in das bescheidene Computerkabinett des Hotels. Marcus schrieb wie geplant: kurz ohne genauere Erklärung an seine Eltern. Sein Fokus blieb, dass sie informiert werden sollten, dass es ihm gut ging (vielleicht so gut wie noch nie) und dass sie ihm nicht hinterher forschen sollten. Mit einem letzten Anflug schlechten Gewissens – den er runterschluckte – schickte er die E-Mail ab.

Auch Freya schrieb eine Nachricht an ihre Eltern, jedoch noch kürzer.

Die einzige Information, die Marcus herauslas, als er ihr verstohlen über die Schulter blickte, war, dass bei ihr alles in Ordnung sei. Sie schrieb nichts davon, dass sie sich in dem Urlaubshäuschen in der Schweiz befand.

Nachdem Freya und Marcus dem Rezeptionisten gedankt hatten (er wollte kein Trinkgeld annehmen) stapften sie wieder zurück.

Das herrliche Gefühl von Sorglosigkeit, Freude und Freiheit, das Marcus im erneuten Ansteigen des Hügels verspürte und welches ihn in intensiven Wellen durchströmte, sollte die kommenden nächsten Wochen nicht mehr aus seiner Brust weichen.

Er ließ seinen Blick schweifen:

Die Bäume standen in kräftigem Harzduft und streckten bräsig ihre Zweige aus. Rechts hinter dem Hotel lag ein kleines Tal, von einem Fluss durchzogen. Dahinter türmten sich sehr hohe Berge, die an ihren obersten Zinnen grau von Stein-härte oder vom Weiß der Eiseskälte waren. Für Marcus ein Klischeebild von unbegreiflicher Schönheit, Ungewohnheit und auch Respekteinflö-ßung, da es echt war, zugleich. Und sein Blick traf natürlich auch Freya. Neben der Erleichterung, spürte er deutlich wie sein Herz schmerzhaft ge-gen seinen Rippenkasten schlug, sich seine Wan-gen röteten und wie auch, er musste es so fest-stellen, eine Erektion gegen seine Shorts drückte.

Er dachte sich, dass es vielleicht zu früh und zu verträumt wäre von inniger Liebe zu reden, den-noch glaubte er sie zu erkennen, doch auf alle Fäl-le konnte er von einem lodernden Begehren spre-chen, das gerade dabei war ihn von Innen auszu-brennen, jedoch in einer herrlich klärenden neuan-fangenden Schönheit.

Der Pflichtakt gegenüber seinen Eltern – war er auch an Frechheit und Flausen der Klimax – schien ihm erfüllt, sodass er nun ohne irgendwelche mo-ralischen Bedenken bereit war, sich in etwas zu stürzen, das jeder Romanze spottete.

Und doch war dies hier kein billiger Liebesfilm ohne eine realistische Sexszene, nein:

es war das pure, explodierende, sich über-schlagende, tatsächliche Leben.

Nun blieb Freya stehen und fixierte ihn, auch Marcus stoppte. In ihren fragenden Blick hinein küssten sie sich lange und intensiv. Um sechzehn erreichten sie in wälzender Nachmittagssonne ihre Hütte.

Kapitel III

Am darauf folgenden Tag war vom schönen Sonnenhimmel nichts mehr zu sehen. Marcus erwachte aus einem flachen, traumwirren Schlaf, als er sacht und leise die Regentropfen gegen das Fenster prasseln hörte. Noch etwas benommen blickte er sich um, sah aus dem Fenster. Die Regenwolken schauten allmächtig auf ihn herab. Draußen sah er Dunstschleier in den Senken des Waldes, den Berg hinab, liegen. Kurz überlegte er, sich einfach wieder an Freyas Körper zu schmiegen und zu versuchen wieder einzuschlafen, doch obwohl es eine nicht sehr erholsame Nacht war, zwang er sich aufzustehen.

Vorsichtig schlug er die Decke zurück, um Freya nicht abzudecken, die noch friedlich schlief. Aufgestanden suchte er seine Kleidungsstücke vom Boden zusammen und zog sich an. Sein Blick fiel auf den Wecker (es war 08.47 Uhr) und noch einmal zärtlich zu Freya, die einladend, da sie

krumm halb seitlich, halb auf dem Bauch lag, ihr
Gesäß herausstreckte.

Er deckte sie zu, sodass sie nicht fror und
schlich aus den Raum.

„The Eraser" von Thom Yorke pulsierte leise
durch die Küche, als Freya nach einer dreiviertel
Stunde in einem langen Nachthemd in die Küche
trat und Marcus anlächelte, der mit einer Tasse
Kaffee und einem Gedichtband von Hugo von Hof-
mannsthal wartend auf der Couch lag.

Beim leichten Frühstück, das Marcus bereitet
hatte, diskutierten sie über Musik. Ein Thema, das
gerade dabei war zum Dauerbrenner eines jeden
Gespräches zu werden, als Freya abrupt mit einem Blick aus dem Fenster das Thema wechselte:

„Du, wollten wir nicht 'ne lütte Wanderung machen heute?"

Marcus war etwas konfus ob dieser Frage, fasste sich aber sofort und hakte nach: „Wat? Äh… es
regnet!?"

„Is' doch gerade geil! Im Regen zu gehen ist
doch wunderschön! Denk an Böll, der wahre Worte über den Regen geschrieben hat, wenngleich
es kein schweizerischer war."

Marcus mochte es eigentlich auch im Regen spazieren zu gehen, er hatte lediglich aus allgemeiner Annahme nachgefragt. Nun überlegte er, ob er diese Vorliebe schon einmal gegenüber Freya erwähnt hatte oder ob sie, wie vorher schon vermutet, eine so treffende, ja beängstigende Menschenkenntnis besaß.

Damit war die Wanderung eigentlich auch schon beschlossen, ohne dass Marcus etwas mehr dazu sagen brauchte. Freya lächelte bloß verschmitzt wissend. Nach einer schnellen Dusche schmierten die beiden einige Brote und nahmen eine große Thermoskanne heißen Kräutertee mit und gingen etwas dicker angezogen als sonst aus der Hütte. Die beiden jungen Menschen nahmen auf Freyas Vorschlag hin, die sich natürlich relativ gut auskannte, den selben Weg wie gestern. Sie stiegen erneut durch die Tannen auf die Hügelkuppe.

Kurz bevor sie zwischen den Stämmen verschwanden, drehte Marcus sich nochmal um und sah unter sich die Hütte, den Abhang, die Bäume unterhalb der Straße und noch tiefer das Dorf. Alles eingehüllt in einem mystischen Schleier von Nebel und Regendunst, alles erfrischt und von Feuchtigkeit durchdrungen, sodass er für eine Se-

kunde fast vergessen hätte, auch genau nachzu-
sehen, ob die majestätischen Berghänge nicht
doch zu sehen waren. Sie waren es natürlich,
wenn auch nicht sehr deutlich. Aber die gewaltig
ansteigenden Wände der natürlichen Dorfmauer
blickten freundlich und verschlafen durch die sup-
pige Luft und ließen kein Zweifel an ihrer Präsenz,
die dem Fischkopp, der das erste mal überhaupt
solche Berge sah, Ehrfurcht aber auch Abenteuerlust, ganz widerwärtig deutschschillerisch und kli-
scheebehaftet in Gedanken an dessen großartigen
„Wilhelm Tell", einflößten.

„Kommst du ma' bald?" fragte Freya von hinten mit unverkennbar sehr norddeutsch gefärbter
Ausdrucksweise.

„Sie ist direkt von der Waterkant, die doch hier
alles kennt. Jeden Berg, jedes Dorf. Ich bin wie ein
doofer Tourist" dachte Marcus sich unbestimmbar
traurig und drehte sich um.

Es nieselte noch immer fein und einschnei-
dend. Sie waren schon auf dem Waldweg abwärts
Richtung Hotel. Freya war in bester Launc, fast
schon vergnügt redend.

Sie zeigte ein nicht unfundiertes Wissen über
Philosophie (beide stimmten dabei in ihrer Ungewissheit der Bewertung Nietzsches überein), ob-

wohl diese gar nicht bis vor ein paar Tagen ihr Studienfach in der Hansestadt gewesen war.

Sie redeten über Brechts Konzeption des epischen Theaters, was Marcus aber nicht sonderlich mochte, da es ihn zu sehr an die entflohende Pflicht des Studiums erinnerte, bis sie über sein eigenes lyrisches Schaffen zur Musik kamen (King Crimson). Dort hätten sie ewig verweilen können, beide in voller Euphorie begriffen.

Hier wechselte ihr Gesprächston von einem mehr oder minder akademischen Staub zu einer warmen Euphorie mit schwärmerischen Zügen. Lichterloh entflammte Akademikerinnen und Akademiker hatte Marcus an der Universität keine ganze handvoll kennengelernt, dementsprechend war er skeptisch gegenüber diesen Leuten, da er sie für zu technokratisch und unpragmatisch hielt, wenngleich er ihren Elan bewunderte. Er selbst bevorzugte lieber eine kitschige, wenngleich ehrliche Haltung zu manchen Dingen. Musik war eines davon.

Keiner der beiden jungen Leute hatte Musik studiert, aber Marcus hatte es eigentlich noch immer versuchen wollen, dennoch würde er nie eine Aufnahmeprüfung an einer Kunsthochschule bestehen. Es war eine einschneidende Leidenschaft, die doch mit gewisser Naivität behütet wurde. Sowohl von Freya, als auch von Marcus – unabhängig von einander.

Noch als sie das kleine Hotel, das sie gestern betreten hatten, passierten, noch als sie das Flüsschen des davor liegenden Tals überquert hatten, die Hütte also ein ordentliches Stückchen hinter sich gelassen hatten, redeten sie über Robert Fripp und seine Musiker.

Bald begann der Aufstieg, auf einem steinigen Weg, auf einen größeren, steileren Berg. Es regnete mittlerweile stärker und als Freya und Marcus an einem überdachten Holzbänkchen ankamen, waren sie nahezu komplett durchnässt.

„Erstma' Pause und was Essen?" schlug Freya vor.

„Auf jeden!" die Antwort.

Sie setzten sich und stärkten sich. Der Tee wärmte sie durch und die Fröhlichkeit der beiden war ungebrochen.

Nach den Broten zog Freya unvermittelt einen Joint aus der Tasche.

Marcus betrachtete die Landschaft und sah es erst gar nicht, dann war er erschrocken: „Wat? Wo hast du den denn her?"

„Ich hab dein Gras in der Nacht unserer Abreise mitgenommen!" antwortete Freya lächelnd, als ob es eine ganz alltägliche Aussage wäre.

Sie zündete die Droge an, rauchte bedächtig und reichte schließlich an Marcus weiter.

Dieser zögerte; Noch immer überkamen ihm neben der Glücklichkeit ab und zu grässliche Bilder, die aus der letzten Nacht in der Hansestadt zu stammen schienen, Übelkeit und Erinnerungen an den furchtbaren Kater des nächsten Morgens. Doch dann gewann seine Ratio wieder die Oberhand und erklärte ihm selbst, dass die Art des Konsums und das Maß nur die Zerstörung formt. Noch vorsichtiger als Freya zog er an dem Joint und blies den Rauch weit in den Dunst des Regens hinein, während dieser auf dem Dach über ihnen dezent trommelte.

Wortkarger, aber immer noch beim Thema Musik saßen die beiden und pusteten abwechselnd Rauch in die Luft.

„Scheiße, dass wir keine Musik selber zusammen machen können!" murmelte Marcus schließlich nachdenklich.

„Wieso? Könn' wir doch!" antwortete Freya und ließ ihre blauen Augen auf ihm ruhen.

„Wir haben doch keine Instrumente hier!" sagte Marcus verständnislos und erwiderte mit Gänsehaut Freyas stimulierenden Blick.

„Naja," lächelte Freya breit „das stimmt nicht ganz!"

„Wie meinst du das?"

„Nun, erst einmal ist in der Hütte ein altes Akkordeon. Unten im Schrank, der im Durchgangszimmer steht. Das gehört meinem Vadder, der hat mir auch beigebracht es zu spielen! Und zweitens habe ich meine Violine mitgenommen, sowie deine Klarinette." ein riesiges Grinsen zeichnete sich auf ihrem Gesicht ab, als sie ihm den Joint zurück gab.

Marcus war völlig perplex: „Wieso hast du nix davon gesagt?"

„Naja... ich wollt dich auch so'n bisschen damit überraschen! Als ich deine Notizen in deinem Zimmer eingesteckt habe, sah ich die Klarinette auf deinem Tisch liegen. In einem spontanen Impuls steckte ich sie in meine Reisetasche. Dein Saxophon und deine Gitarren konnt' ich natürlich nicht einstecken."

Marcus schwieg entgeistert, also fuhr Freya lässig fort: „Und ich für meinen Teil, hab meine Geige, wie geplant, sowieso mitgenommen. Mir liegt auch emotional sehr viel an ihr und Musik ist für mich lebenswichtig. Nicht nur zu hören, sondern aktiv zu musizieren."

„Das ist ja total geil! Dann... können wir selbst kreativ werden!" Marcus war doch überwältigt.

Erneut beließ Freya ihre glühenden Augen auf seinem Gesicht, lächelte etwas schelmisches Lächeln dazu und antwortete dann: „Ich wusste doch, dass es eine Überraschung wird!"

Sie beugte sich zu Marcus, der gerade den aufgerauchten Joint an der Bank ausdrückte und flüsterte: „Marcus, lass uns zurück gehen und Musik machen!"

„Äh... okay, gern!" antwortete dieser, bevor Freya sich auf ihn drückte und mit ihrer Zunge die seine suchte. Beide schlossen die Augen und sachte drehte sich die Wirkung der Droge in ihre Köpfe während sie dem Plätschern des Regens lauschten.

Zwar war die Wirkung des Joints nicht sehr stark gewesen, dennoch machte sie beide träge, bei einer gleichzeitigen Erhöhung der Intensität der Sinneseindrücke. Der Wald, die Berge, der Fluss, das Hotel, alles wirkte so stark auf Marcus, dass es fast unangenehm war. Das Gefühl denn

Alltag getötet zu haben, durchfuhr ihn wie ein Triumpfzug.

Das Wetter verbesserte sich nicht, es regnete sich ein. Dennoch wollten sie nicht den selben Weg zwei Mal gehen, sondern sie gingen um den kleinen Berg herum, durch das Dorf und am Westausgang der Landstraße kurz folgend wieder auf die Asphaltanfahrt zu ihrer Hütte hinauf.

Die Stecke erwies sich als länger und anstrengender als erwartet. Regen und Wind strengten sie sehr an und die beiden sprachen kaum während des Weges, jeder nun in seine musikalischen Gedanken versunken. Kurz vor dem Dorf hatten sie den starken Wind von vorn und der Regen warf dicke Tropfen in ihre Gesichter. Mit großer Mühe nur kamen sie voran und nach sechzehn Uhr kamen sie erst erschöpft und bis auf die Haut durchnässt an der Berghütte an.

Marcus stapfte ohne irgendetwas abzulegen oder auszuziehen in die Wohnküche sowie das Durchgangszimmer und schaltete die beiden elektrischen Heizungen an. Freya hatte ihre Kleider im Durchgangsraum auf die Boden geworfen und war schon im Bad verschwunden. Die klebenden Haarsträhnen aus den Augen wischend schälte sich auch Marcus aus seinen Sachen und drapierte dann alle Kleidungsstücke irgendwie in der Nähe der Heizungen.

Als er ins Badezimmer nachging und Freyas glänzende Silhouette unter der Dusche stehen sah, überkam ihm sogleich die Erinnerung an das erste Duschen in dieser Hütte:

Das heiße Wasser strömte beruhigend und angenehm auf ihn nieder. Seine langen lockigen Haarsträhnen durchweichten sogleich und klebten an seinem Rücken und über seinen Schultern am Körper. Er schloss die Augen und schaffte es endlich an tatsächlich nichts Spezifisches zu denken. In seinem Kopf spielte irgendeine bekannte, ihm liebe Melodie und er genoss die Sekunden. In dem Moment hörte er die Tür leise ins Schloss zurückfallen und er öffnete die Augen.

Durch die Plastikwand der Dusche sah er Freya im Bad stehend, den Bademantel auf den Fliesen zu ihren Füßen liegend. Sie trat grazil auf die Dusche zu. Marcus rührte sich nicht. Sie öffnete die Schiebetür und stieg in die Dusche. Ihre Haare hatte sie geöffnet und ebenso schnell wie die von Marcus durchweichten sie und schmiegten sich an ihren Körper.

Freya hatte abwärts ihrer klassischen Schultern, auf ihren kleinen Brüsten schöne rosafarbene Brustwarzen, die aufgerichtet Marcus entgegen standen. Die Hüften Freyas waren nicht sehr breit, nahmen sich aber doch deutlich gegenüber ihrer schmalen Taille aus. Auf ihrem Venushügel trug sie einen dünnen, kurzen Streifen hellen Haars, ihre großen Labien waren glatt rasiert und ähnlich ihren Brüsten dezent, aber wohlgeformt. Das andere Paar Venuslippen lag fast unsichtbar behutsam eingebettet. Es würden noch einige Stunden vergehen, bis Marcus sie ausführlich anblicken konnte. Nur in einer anmutigen kleinen Vertiefung dezent umhüllt war das schützende Klitorispräputium zu sehen, welches Freyas Orgasmuszentrum bewahrte. Insgesamt war ihre Vulva für den sexuell ausgehungerten Marcus ein magnetischer Blickpunkt, den er, trotz aller Höflichkeit ihre Genitalien nicht zu unverschämt zu begaffen, sich nicht zusammenreißen konnte unentwegt anzuschauen. Freyas Beine waren glatt und ihre Zehen makellos wie kleine Perlen. Er bezweifelte sehr, ob er Freya ein ähnlich attraktives Bild nach der gängigen Norm bieten konnte. Aber was sollten auch die Normen? Die waren nur da, um

Menschen zu zerbrechen. Beim Aussehen wohl besonders die Frauen.

Sie streckte ihre Arme aus und zog sich an Marcus.

„Gefall' ich dir?" flüsterte sie in sein Ohr. Marcus konnte nicht antworten.

Und während das Wasser auf beide niederprasselte, küssten sie sich lange mit geschlossenen Augen und ineinander gefahrenen Zungen. Irgendwann löste Freya dann ihre Hände von seinem Nacken und hockte sich erst provokant breitbeinig in die Duschwanne, als sie sein erigiertes Glied sachte ergriff, dann kniete sie sich hin und fing an ihn vorsichtig zu fellieren.

Marcus blickte herunter zu ihr und sah über ihren durchgestreckten Rücken, dass ihr Gesäß, gleich den anderen Körperproportionen, nicht zu ausladend war, doch rund und einladend. Mit liebevoller Intensität hob sie das Tempo der Fellatio und Marcus suchte die Einseitigkeit der Lust aufzuheben.

Freyas Hingabe berührte ihn tief, war doch noch nie jemand generell so aufopfernd gewesen. Hierbei sogar ohne die Natürlichkeit und Selbstbestimmtheit aufzugeben, denn Marcus spürte, die Ehrlichkeit Freyas.

Solch eine Liebe durfte nicht nur aus einer Richtung kommen. Überhaupt hatte Marcus schon vor dem studentischen Leben großen Wert auf Respekt und Rücksicht gelegt und immer vehement jeglichen Sexismus allen Identitäten gegenüber abgelehnt.

Er fuhr mit der Hand, sich vorbeugend, über ihren warmen Rücken, streichelte ihre oberen Gesäßhälften, lehnte sich dann wieder zurück und strich mit seiner Hand zwischen ihren Beinen zu der sehnlichst erwarteten Vulva von Freya, die selbst sehnlichst erwartete. Über seine glänzende Eichel hinweg lächelte Freya ihm freudig entgegen, Fäden aus Speichel und Präejakulat an der Lippe ziehend, als er nach einigem Tasten, mit vor Erregung zitternden Fingern, ihre warme, stark lubrizierte Muschi erreichte, nachdem er ausführlich ihre grazilen großen und kleinen Labien und besonders ihre kleine, feste Klitoris gestreichelt hatte.

Freya erhöhte das Tempo mit ihren Lippen weiter, sodass Marcus bereits dachte, sie wolle es auf diese Weise zu Ende bringen, als sie plötzlich von seinem Schwanz abließ.

Elegant richtete sie sich auf.

Das Wasser rauschte mit unbeeindruckter Intensität auf sie nieder.

Mit einem Lächeln, das durchdringend voller Glücklichkeit war, blickten ihre leuchtend blauen Augen in die seinen, grauen. Dann drehte sie sich um, setzte ihre Hände und Unterarme auf die massive Plastikwand der Dusche und streckte ihm ihren Hintern entgegen.

„Marcus, bitte fick mich!" flüsterte sie eindringlich.

„Ich weiß nicht… Bist du sicher?" musste Marcus dann doch fragen, obwohl er am liebsten sofort ihrer Aufforderung nachgekommen wäre.

„Du verhütest doch, ja?"

Freya verzog kurz schelmisch das Gesicht, antwortete dann aber ernst: „Klar, ich nehm' die Pille!"

Marcus fand in seinen Gedanken noch einige wenige Sekunden die Warnung vor ungeschütztem Geschlechtsverkehr, nahm dann aber sein Penis in die Hand, zog mit der anderen Freyas Pobacke etwas nach links und schob sich dann sehr behutsam mit härtester Erektion in Freyas Körper hinein.

Wenn auch das Wasser warm war und ihrer Haut Weichheit auferlegte beim Herunterlaufen an ihren Körpern, so war es nicht halb so warm und weich, wie Freyas schlüpfrige Vagina, die Marcus umfing. Freyas filigrane Finger legten sich auf ihre Klitoris, als Marcus anfing schneller zu stoßen und einige kurze Minuten später, zuckte sie schon leise stöhnend unter einem Orgasmus.

Marcus war zwar sehr erregt, fühlte aber noch gar nicht, dass er auch zum Höhepunkt käme, wobei er sich durch den lustvollen Rausch gänzlich täuschte, denn keine dreißig Sekunden später fühlte auch er in Hundertstelsekunden seine Sinne rasen und so heftig wie schnell verebbte das Gefühl auch wieder.

Das Wasser rauschte auf beide nieder.

In der Klangmelange des Prasselns hörte man ihren Atem schnell und erschöpft gehen.

Beiden wurde in der Wärme und dem Dampf der Dusche nun sofort etwas benommen zu Mute und Freya zog ihr Gesäß ein, drehte sich seufzend um. Aus ihr fielen einige dicke Tropfen Spermas und vermischten sich mit dem abfließenden Wasser. Wieder streckte sie ihre Arme nach Marcus aus. Dieser zog sie an sich und noch während er das tat ließ er sich an der gefliesten Wand der Dusche hinab sinken und setzte sich in die Wanne, Freya mit ihm, halb auf ihn liegend.

Marcus wusste nicht, wie viele Sekunden sie so saßen. Wie schon zum Beginn dieses Duschens überschlugen sich seine Gedanken, aber sie waren unspezifisch, inhaltslos. Wie ein musikalisches Solo, welches den vorgegebenen harmonischen Kontext verlässt, um in der Atonalität zu sein und dort „nur" noch heftig lebt und fühlt, aber nicht mehr konkret erzählen tut. Er wollte Freya, auf ihm liegend, etwas zur Seite schieben, doch fanden seine Hände kurzzeitig nicht die Kraft und so streichelten sie sie von ihrem Nacken bis zu ihren Oberschenkeln runter und er ertrug ihr leichtes Gewicht.

Das abstrakte Gedankenkaleidoskop stellte sich langsam ein und die Atmung der beiden jungen Leute normalisierte sich wieder. Marcus und danach auch Freya richteten sich etwas auf und noch während Marcus nach oben griff um endlich das Duschwasser auszustellen, hob Freya ihren Kopf und schenkte ihm ihr bislang herrlichstes Lächeln.

Sie streckte wieder einmal zärtlich ihre Arme aus, als er zu ihr in die Kabine stieg. Beide küssten sich geschwächt aber lange Zeit und obwohl Freya und Marcus noch eben ganz schlapp und ausgelaugt von der Wanderung waren, drückte sofort seine Erektion wieder gegen ihren Venushügel und Marcus nahm beim Streicheln von Freyas Körper wahr, dass dort eine Feuchte zwischen ihren Beinen war, die von der Konsistenz her kein Wasser sein konnte. Mit einem müden, aber tiefen Lächeln nickten sie sich zu und Freya kletterte auf Marcus' Becken und klammerte sich mit ihren Beinen um ihn, während er sie haltend noch zur Stütze an die Wand presste und mit der anderen Hand seine Eichel zu ihrer Möse führte.

Die beiden waren schnell fertig und erschöpft ließ sich Marcus im Schneidersitz in der Duschwanne nieder, Freya ihm gegenüber. Nach dem weiteren langen Kuss, im bekannten Wasserrauschen, welches heftiger prasselte, als der Regen auf das kleine Dach des Rasthäuschens noch vor einigen Stunden, versanken die Gedanken der beiden wieder in der Unbestimmtheit.

Nicht viel später, saßen Freya und Marcus gut gelaunt in frischen, trockenen Kleidern in der Sitzecke der Wohnküche und tranken Kaffee. Der Erschöpfung Herrin geworden stand Freya schließlich auf und holte nacheinander das alte Akkordeon und ihre große Reisetasche in die Stube. Marcus hatte mittlerweile den Tisch etwas von der gepolsterten Bank abgeschoben und setzte sich gespannt wieder.

Freya packte das Akkordeon aus dem Koffer aus, schnallte es sich um und sich diagonal zu Marcus niedersetzend begann sie zu spielen. Dass Akkordeons zu unrecht als ausschließliches Volksmusik- und Shantyinstrument verschrien waren, ahnte Marcus schon länger, aber Freya bewies ihm das Gegenteil in den ersten dreißig Sekunden. Sie hatte deutlich untertrieben, als sie am Abend ihres Kennenlernens behauptete, sie spiele nur etwas Akkordeon.

Mit lässigen Fingerstreifungen begann sie leise teils arpeggierte Jazzakkorde auf der Klaviatur zu schlagen, während sie mit der anderen Hand auf den Bassknöpfen anfing einen ungewöhnlichen Basslauf zu gestalten. Ihre Improvisation nahm an Geschwindigkeit zu und Freya wechselte im Diskant zu Nonenakkorden, sodass die Musik einen funkigen Charakter annahm. Nun führte sie das Stück noch in ein kurzes atonales Jazzsolo mit humoristischen Zitaten von bekannten Bachfugen um schließlich in allerbester Hans-Albers-Manier „La Paloma" anstimmend zu landen. Sie immitierte, besonders für eine weibliche Person erstaunlich ähnlich, den berühmten Schauspieler dabei. Marcus lachte und fiel in den Refrain mit ein.

Begeistert aber auch verlegen applaudierte Marcus nach dem letzten verklungenen Akkord und Freya verbeugte sich zynisch.

„Freya, das war total toll!"

„Oh danke!" Freya war sichtlich glücklich.

„Aber auf der Fiedel bin ich besser als auf der Quetsche." erklärte sie.

Beide erhoben sich. Aus den Tiefen ihrer großen Tasche zwischen Kleidungsstücken, zog Freya zwei Köfferchen hervor: Ihre Violine und Marcus' Klarinette.

Während Freya die Saiten stimmte, befeuchtete Marcus ein Klarinettenblatt unter dem Wasserhahn und spannte es ins Mundstück.

Freya wachste den Bogen und stellte sich mit ihrem liebevollen aber selbstironischen Grinsen vor Marcus hin.

In ihren Händen hielt sie eine schwarze, halbakkustische Violine, vom Werk schon mit einem Tonabnehmer bestückt, aber auch noch mit klassischem Resonanzkörper.

Marcus stimmte nach der Violine seine Klarinette, indem er das Mundstück leicht herauszog.

Danach begann Freya erneut zu improvisieren. Diesmal setzte sie lockere, einfache Harmonien arpeggiert und an einfachen Kadenzverläufen orientiert in den Raum.

Marcus, gepackt von der einfachen, aber erwartungsvollen Musik, fing an lustig-treibende Klezmerläufe über die Akkorde zu werfen. Marcus liebte diese unbegreiflich energiegeladene jüdische Folklore enorm, die in einer Sekunde auf die andere vom größten, aufrichtigsten Wehklagen in die lebenslächelnste Tanzwütigkeit hüpfen konnte.

Das Metrum und Tempo reizte er neckend verschleppend, fast bis zur Melodiestörung aus, um Freya herauszufordern. Diese reagierte aber lässig, indem sie die Arpeggien als Quintakkorde nur akzentuiert im Forte anriss und dann sofort in virtuose Pentatonik-Licks übersprang. Ein bluesgitarrenartiger Klang entstand. In dem kleinen Raum schwoll die Improvisation der beiden weiter an und ein Schauer durchzuckte Marcus, als sich Freya mit einem hohen, fast kreischenden Ton in ihr Solo stürzte. Ihre grazilen Finger jagten nun über das kleine Griffbrett und Marcus hörte ganz deutlich die klassische Ausbildung seiner neuen

Freundin, die sie aber geschickt mit populärmusikalischen Mitteln anzureichern wusste.

Sechzehntel Triolen prasselten in den Raum nieder wie Wasser aus einer Traufe. Marcus riss an Freyas Triolenkaskadenende seine Klarinette in die Höhe und ließ sie einige Sekunden jaulen wie ein misshandelter Hund, bevor er sich der Harmonik solierend zuwandte. Er war reiner Autodidakt und hatte sich viel mit Jazz und Folklore beschäftigt. So warf er schwirrende Läufe aus improvisierten Skalen in den Raum. Die Klarinette jubelte, schrie auch manchmal und sang dann aber wieder wie eine liebliche, kindertröstende Amme, bis Marcus die Grenzen noch weiter austestete und freejazzig eine Quietsch- und Lärmkaskade anstimmte. Freya untermalte die Kakophonie mit sichtlichem Gefallen, indem sie durch abgestoppte Saiten perkussive Elemente dazu beisteuerte.

Aus purem Schabernack und um Freyas Reaktion zu testen, wechselte Marcus nun noch unregelmäßig die Taktart. Dabei scheute er auch Zählzeiten wie Fünfviertel und Zwölfachtel nicht. Freya hielt überall ziemlich mühelos mit und sie lächelte mit der Violine unter ihrem Kinn. Schließlich hatte Marcus sich ausgetobt und stimmte eine verträumte Improvisation, deutlich temporeduziert, auf Freyas zerhackten Dreivierteltakt an. Fast säuselnd, aber dennoch tief genug, fiel sie melodiös in Marcus' Melodie mit ein und so endete das improvisierte Stück harmonisch.

Freya lachte, als sie ihre Geige vom Schlüsselbein nahm und den Bogen sinken ließ.

„Alter! Erst dieses Gequietsche und dann doch so ein fast schnulziger, gechillter Schluss!" fuhr sie Marcus an, ohne ihr Gefallen und ihre Anerkennung aber zu verbergen.

„Jo, stimmt schon! Aber dafür war dein Solo ja wohl sehr geil! Du hast es schon drauf, ja?" gab er nur salopp lächelnd zurück.

„Dankeschön!" sie wurde ernster. „Aber dein Solo war auch richtig nice! Völlig anders als alles was ich je gehört habe!" Doch dann erblickte sie die Küchenuhr und erschrak: „Ach, du Scheiße!"

„Wat'n?" fragte Marcus.

„Wir ham' 'ne Dreiviertelstunde gejammt! Is' gleich um Acht!"

„Die Zeit ist doch egal! Wir haben doch Zeit!" er machte eine Pause und fuhr dann leiser fort. „Und wir haben uns, oder nich'?"

„Doch, stimmt natürlich!" antwortete Freya und sie traten aufeinander zu.

„Marcus ich liebe dich abgöttisch!" sagte sie plötzlich und Marcus glaubte ein Anflug von Tränen zu erkennen. Er wunderte sich über die Worte. Nicht weil er sie nicht gleichsam empfand, sondern weil sie so gar nicht zu der fröhlichen und Selbstverständlichkeiten vorwegnehmenden Freya passte. Dennoch küsste er sie zur Antwort lang und innig.

Für Marcus war klar geworden, dass ihr wahnsinniger Eskapismus oder eskapisitischer Wahnsinn (was es nun auch sei), nur in Absolutheit möglich war und das Selbstverständliche keiner Erwähnung mehr bedurfte, genauso wie die Ungewissheit ihres Eskapismus, der noch sowohl mit Freyas als auch Marcus' Rationalität Frieden hielt.

„Schade, dass du mich nicht an der Gitarre erleben kannst! Da bin ich auf jeden Fall etwas virtuoser. Vielleicht nicht nicht so wie du auffer Geige, aber immerhin nich' so schlecht!" sprach Marcus nach dem Kuss.

Und wieder konterte Freya nach einer leicht betrübten Aussage Marcus' unerwartet:

„Wieso kann ich dich nicht an der Klampfe erleben? Wir könnten doch nochmal nach Zürich fahren und 'ne Gitarre und 'n Verstärker kaufen!"

„Freya, das würd' doch total viel Kohle kosten!"

„Ach..." hüstelte Freya spöttisch. „Um's Geld brauchen wir uns vorerst keine Gedanken machen!"

„Findest du nicht, dass du etwas übertreibst?" fragte Marcus jetzt.

„Ne! Ich hätte total Lust mit dir auch Musik aufzunehmen! Wir könnten doch noch Mikros, ein Laptop und solch Equipment kaufen!"

„Aber-"

„Marcus-" Sie war freundlich doch bestimmt. „Du solltest doch an den Umständen erkannt haben, dass für mich und meine Familie Geld keine wesentliche Rolle spielt. Deine Rücksicht und Bescheidenheit ehren dich, sind aber irrelevant und sogar scheiße in unserer Situation!"

Marcus schwieg kurz, dann sagte er schließlich nachdenklich:

„Nun, Musik aufzunehmen wäre schon sehr, sehr geil!"

„Das denke ich nämlich auch! Lass uns das doch einfach bald so machen, ja?" Freya schien euphorisch und entschlossen. Sie lächelte schön und breit.

Marcus wollte noch irgendetwas dazu sagen, doch was sollte das sein? Also zwang er sich selbst die Sache etwas locker angehen zu lassen und nicht so viel nachzudenken.

Nach einem gemütlichen Abendbrot spielten die beiden noch eine Partie Schach, die Freya knapp gewann und sie waren glücklich, als sie sich beide ermattet unter der Decke aneinander legten.

Die nächsten Tage vergingen ruhig und beschaulich. Freya und Marcus spazierten in der Gegend umher, musizierten, lasen, lagen in der Sonne, hörten Musik, sahen ein paar Filme, hatten viel intensiven Sex miteinander, spielten Schach, diskutierten angeregt über allerlei, kochten, und versuchten sich völlig in die Zweisamkeit zurückzuziehen.

Am zwölften Tag nach ihrer Ankunft in der Berghütte, in diesem neuen Leben, lagen Freya und Marcus nach dem Mittagsschlaf faul vor dem Haus auf einer Decke in der Wiese. Die Frühlingssonne brannte kräftig und warm auf sie herab, sodass Marcus bald sein schwarzes T-Shirt ausgezogen hatte, Freya bald ihr Top lüpfte. Die Wiese, die die beiden erblickten war satt und grün, von

Butterblumen betupft und schwang sich lebendig und sacht den Berg hinab, bis zum Waldessaum und Straßenende, bis vor den Talblick, in dem das Dorf im Phlegma eines frühen Samstagnachmittags döste. Freya las und Marcus fasste den Entschluss endlich einmal wieder den Nachmittag literarisch zu nutzen.

„Ich hab schrecklichen Durst" murmelte Freya umblätternd, ohne ihre sonnenbebrillten Augen von dem Buch zu lösen.

„Ich aber auch! Ich würd' gern mal wieder ein Bier trinken!" gab Marcus zu.

Freya blickte ihn nun doch an, lächelte und sagte: „Dann hol uns doch mal zwei, wir haben doch Bier gekauft!"

Marcus stand auf, holte sein Notizbuch und Füller, sowie aus der Lagerecke der Küche zwei Flaschen Bier und kam zurück in die Sonne.

„Spezialbier? Wat is' dat überhaupt?" fragte er.

„Pils!" antwortete Freya und nahm nickend die Flasche entgegen.

„Aha? Und das Schweizer Bier taugt was?"

„Ja! Zumal es hier wirklich eine ziemliche Vielfalt an Biersorten gibt, wie schon in Mittel- und Süddeutschland. Kein Vergleich mit unserer schmalen Biertradition an der Küste."

„Na, denn man tau!" sagte Marcus noch skeptisch und öffnete die Biere mit seiner Gürtelschnalle.

Er prostete Freya zu, dachte noch mit letztem Erschauern an seine vorangegangene Alkoholerfahrung und spülte diese dann entschlossen hinunter. Das Bier schmeckte wie immer dankbar und süffig.

Marcus ließ sich mit seinem Buch in der Linken und der Flasche in der Rechten auf die Decke sinken, neben Freya, deren blonde Haare noch etwas unordentlich vom Mittagsschlaf in der lichtgefluteten Wiese goldsilbern glänzten. Marcus nahm noch einen Schluck.

„Na, schmeckt das Bier noch?" fragte sie amüsiert neckend, als sie Marcus beim Trinken beobachtet hatte.

„Joah, ganz gut – allerdings nicht so toll wie das Bier Zuhause! Am besten noch bei 'nem Blick auf die See oder den Hafen."

„Tja…" Freya wurde nachdenklicher, doch nach zwei Sekunden hellte sich ihre Miene wieder auf und sie fügte hinzu: „Ich denke, wir werden uns schon daran gewöhnen!"

Marcus nickte ihr zu und wandte sich seinem Notizbuch zu.

Minuten verstrichen trinkend, Seiten blätternd, den Vögeln und Geräuschen des Frühlings lauschend. Marcus hatte noch immer nicht angefangen zu schreiben, als Freya plötzlich ihr Bier recht schnell gestürzt hatte und aufstand.

„Wat'n nu'?" fragte Marcus erstaunt.

„Marcus, ich will jetzt noch runter ins Dorf fahren, wir brauchen was zu essen."

„Sofort? Soll ich vielleicht fahren?" er war etwas aufgeschreckt.

Freya erhob sich grazil, lächelte und antwortete: „Nein, wieso? Ich mach dat schon! Schreib mal! Du warst ja auch letztes Mal einkaufen."

Damit ging sie in die Hütte. Marcus nahm einen Schluck Bier, ließ seinen Blick über die Landschaft schweifen und wandte sich zum wiederholten Male seinem Notizbuch zu. Einige Minuten später kam Freya mit Rucksack, Fahrrad und Mp3-Player an seine Decke.

„Ich würde dann im Dorf nachher gleich noch ein Taxi für morgen früh bestellen, das uns dann zum Bahnhof bringt. Wäre es okay, wenn wir morgen nach Zürich fahren?"

Marcus war völlig überrascht. Er hatte Freyas Vorschlag zum Kauf von Musikinstrumenten und Technik wieder völlig vergessen.

„Ähh... morgen schon?" Seine Stirn legte sich in Falten, doch dann horchte er kurz in sich und fand eine glückliche Lust am Luxus und der Entschlossenheit vor, sodass er direkt beherzt nachsetzte: „Aber okay! Bestell das Taxi!"

Nach dem verträumten Tête-à-Tête erschien es Marcus doch nicht unreizvoll, wieder einige weniger einsiedlerische Eindrücke aufzunehmen.

Freya freute sich: „Cool! Dann wünsch' ich dir mal viel Erfolg, ich bin bald wieder da!"

Mit diesen Worten stieg sie auf das Fahrrad, stieß sich ab und rollte den Berg herab.

Kurz bevor sie auf die Straße fuhr, klingelte sie noch zum Gruß, wandte sich zu Marcus um und warf ihm einen ironischen Handkuss zu, bevor sie einige Sekunden später im Wald verschwunden war.

Fast unmittelbar danach dachte Marcus schon wieder gedankenverloren nach. Wie würde es wohl sein, wieder einen, wenngleich kleinen Schritt, zurück in die Gesellschaft zu tun? Zwar war er ja nie zu vor in der Schweiz gewesen und kannte niemanden hier außer Freya. Er hatte seit er hier war nur einige sehr spärliche Begegnungen mit dem Supermarktpersonal und einem Taxifahrer gehabt, mit denen er ohnehin nicht wirklich kommuniziert hatte, da er das Schweizerdeutsch fast gar nicht verstand. Er wägte den Gedanken ab, blickte um sich, trank einen Zug Bier und griff schließlich seinen Füller und begann jene Gedanken in ungereimte Zeilen zu gießen und zu brennen. Plötzlich wollten alle Emotionen der Tage aus ihm heraus und wie das Blut in seinen Adern floss, floss die Tinte durch seine Feder auf die reflektierenden Seiten. Ihm war als zöge ein Haken seine Hand.

Ganz klassisch oder kitschig, wie man es zu betrachten mag, waren es zuerst die Sonne, die Berge, die ihren Weg aufs Papier fanden. Dann bald seine dunklen, ungewissen Gedanken zur Zukunft, die nicht fort sondern nur kurzweilig verstummt waren. Letztendlich seine intensiv gewälzten Gedanken über Freya und ihn in der ganzen Situation, in der sie sich in den letzten Tagen befanden.

Aller Tenor von Düsternis gleichermaßen durchbrochen von glattester und reinster Freude. Eine Freude, die Marcus für totgeglaubt hätte, hätte er sie nicht längst sogar vergessen gehabt. Doch sie war in diesen Tagen wieder zu ihm gekommen und er hatte sich ihrer erinnert. Intensiv, kräftig und voller schlichter Klarheit war diese

Freude, die er das letzte Mal irgendwann als sehr kleiner Junge in unbekümmerten und frühsten Kindertagen gefühlt hatte.

So ehrlich und tief wie er sie fühlte, konnte er sie unmöglich in Sprache nieder schreiben, doch er mühte sich ihnen ein erahnbares Wortgewand zu geben. Und sogleich umfing ihn wieder das Dunkel im Schreiben: finster, kalt und doch zum Verlieren und Vergessen schön.

Der Abend, der sein Leben verändert hatte, der letzte in seiner Studienstadt trat ihm wieder vors geistige Auge und er schrieb ohne auf das Blatt zu sehen.

Als er einfach nur bekifft mit seinem Freund Stephan etwas Wein trinken wollte, war er zu schwach geworden und in fremden Armen zusammengebrochen, die ihn, wider all seinen Erwartungen, nicht fallen gelassen hatten, sondern ihn wahrlich und aufrichtig aufgefangen hatten und dies nicht nur um ihn nach Hause ins Bett zu bringen, sondern um sich seiner anzunehmen. All das Schöne und all die Scheiße warf sich wütend oder traurig oder glücklich in Gedichtform, bis Marcus beinahe selbst erschauerte, als sich Seite um Seite mit seinen schwarzen, lockeren Buchstaben füllte. Den letzten Schluck Bier hatte Marcus vergessen und er war in der warm beschienenen Flasche längst verschalt, als Freya leicht schnaufend den Berg hinauf geradelt kam und Marcus schwitzend in sein Notizbuch krickelnd fand.

„Moin!" rief sie schon von Weitem freudig. Marcus fuhr aus seiner Arbeitstrance hoch.

„Moin, Freya! Schon wieder da?" fragte er erstaunt.

„Schon?" entgegnete Freya nach Luft schnappend und absteigend.

„Es is' kurz vor sechs. Ich war ewig weg!"

„Tatsächlich?" Marcus blickte verwirrt auf die Uhr unter seinen Armbändern.

„Oh... ähh... Und konntest du alles erledigen?"

„Ja, die Zugkarten sind gekauft, das Taxi is' bestellt zu um sieben Uhr morgen früh und ich hab schöne Leckereien geholt!" Sie deutete auf den Rucksack.

Marcus erhob sich von der Decke, nahm ihr diesen ab und trug ihn in die Küche, während Freya das Fahrrad in den Schuppen schob.

Zwischen dem Auspacken der Lebensmittel schrieb Marcus, als Freya gerade auf der Toilette war, sein letztes Gedicht neben einem Brokkoli auf der Anrichte zu Ende.

Nach dem Abendbrot gingen die beiden früh zu Bett lasen noch gemeinsam etwas in Thomas Manns „Tonio Kröger" und schliefen dann bald.

Kapitel IV

Das erste Mal seit Marcus' Ankunft in der Berghütte klingelte ein Wecker. Marcus hasste diese Geräte, da sie einem der simpelsten natürlichen Grundbedürfnisse gänzlich zuwider laufen. Wecker sind nichts natürliches. Wecker verhöhnen die Schöpfung.

Doch ist es als Bewohner der industrialisierten Welt ohnehin recht naiv, für sich einen natürlichen Anspruch geltend zu machen. Aber das innere Fluchen von Marcus, aus seinen Träumen gerissen worden zu sein, scherte sich einen Scheißdreck um Naivität.

Was blieb auch sonst zu tun? Sich die Rückführung in die absolute Natürlichkeit wünschen? Unsinnig! Vielmehr wäre es ein erstrebenswertes Ziel, die integrierte Technologität in der Natur zu erreichen. Ohne Widerspruch die Kulturtechnik der schonenden, respektvollen Integration als Basis aller Kultur erbauen.

Das alles dachte Marcus und doch nicht, als er um 05.30 Uhr neben ihm das Piepen vernahm, welches den Schlaf jäh beendete.

Weiter aus Überzeugung fluchend, augenreibend stand er aus den warmen Laken auf, während Freya schon halbwegs gut gelaunt Richtung Küche getrottet war.

Erst als sein Blick sich durch das Fenster fand und dort hinter den entfernten Gipfeln

schon den rot-orange glühenden Feuerkranz sah, welchen die Sonne spöttisch und gönnerhaft über den Himmel spritzte, verflog sein mürrisches Gemüt.

Schon bald saßen Freya und Marcus in einem Taxi Richtung Bahnhof des Dorfs, den Morgenkaffeegeschmack noch halb auf der Zunge. Die Fahrt nach Zürich selbst verlief ohne Besonderheiten. Marcus schlief bis zum ersten Umsteigen an Freyas Schulter, las später mit ihr von Tonios Leiden weiter und gegen Ende der Fahrt hatten beide eine ganz passable Diskussion über einige Shakespeare-Dramen zustande gebracht, die wenigstens die Zeit totschlug.

Schließlich aus dem Bahnhofsgebäude heraustretend, bot sich ihnen ein ähnlich schöner Anblick wie vor einigen Tagen bereits. Geschäftigkeit und Leben überschwemmten die Straßen, Frühjahrsglanz war überall zu erkennen.

„Komm, wir gehen erstma' 'n Kaffee trinken!" sagte Freya freudig, griff Marcus' Hand und zog ihn direkt in die Straßen.

Marcus versuchte mehr von der schweizerischen Metropole aufzunehmen, aber er verwirrte sich zunehmend an den Eindrücken aus fast gänzlich unverständlicher gesprochener Sprache, Luxus von Preisschildern mit schwierig schnell umrechenbaren Frankenpreisen, allgemeiner Urbanität und konträr ruhig wachender alter Architektur. Dennoch gefiel die Stadt ihm auf Anhieb. Freya ging diesmal in eine tiefer in den Straßen gelegene Einkaufspassage zu einem Café. Der Kellner, der wahrscheinlich ähnlich alt wie die beiden war, rümpfte unverkennbar verächtlich die Nase, als er die norddeutsche Aussprache seiner Kunden hörte und bediente nur desinteressiert.

„Was hat er denn?" fragte Marcus Freya.

„Viele Schweizer, vor allem Deutschschweizer, können Almans nicht gut leiden, da viele hier zum Arbeiten herkommen et cetera."

„Ach wat?" fragte Marcus und spuckte provokant einen schweren Rotz auf das Pflaster neben sich, bevor er sich seinem Kaffee widmete.

Freya wollte ihn mit einem Blick tadeln, lächelte dann aber doch mit leuchtenden Augen.

„Ich hab mir so 'n irrationalen Scheiß wie Nationalitäten nicht ausgedacht und erst recht nicht mir die meinige ausgesucht. Ich bin eh kein Deutscher!" brummte Marcus.

Freya blinzelte nur aufmunternd mit den Augen und eine Viertelstunde später verließen sie das Café ohne einen Rappen Trinkgeld bezahlt zu haben.

Freya ging wieder zielsicher voran, schleifte Marcus hinterher und nach einigen Ecken standen sie vor einem großen Musikhaus. Es war noch nicht ganz Mittag gewesen, als sie das Haus betraten. Heraus kamen sie erst fünf Stunden später. Marcus hatte eine E-Gitarre auf dem Rücken, einen Verstärker mühsam in beiden Händen. Freya trug unter ihrem Arm einen Synthesizer mit kurzer Klaviatur. Beiden hatten in den Reisetaschen noch allerlei an Mikrophonen, Kabel, Netzteile, einige Ständer, ein Audiointerface, kleinere Effektgeräte und zwei Taschensynthesizer, verschiedenste Kleinstinstrumente und Zubehör. Die

Kassiererin hatte Freyas Geldscheine mehrmals mit sehr ernstem Gesicht einzeln gezählt und geprüft und auch danach den misstrauischen Blick nicht geändert. Marcus hatte es wieder einiges an Überwindung abverlangt, zu akzeptieren, dass Freya alles an diesem enormen Einkauf bezahlt hatte. Diese bestand aber darauf, dass sie kein eigenes Geld besäße, sondern nur ihr gemeinsames Geld bei sich trug.

Mühsam schleppten sie ihre Sachen die Straße entlang zu einem Falafelstand für ein verspätetes Mittag und dann zu einem Elektromarkt, in dem Marcus nur erschöpft im Kundenservice wartete und auf die bisherigen Einkäufe aufpasste, während Freya noch ein kleines Netbook kaufte. Als sie sich und ihre kostbaren Besitztümer wieder auf der Straße in Richtung Bahnhof trugen, berichtete Freya etwas spöttisch, dass der Verkäufer im Elektronikgeschäft wohl erst gar nicht so viel Bargeld für einen Computer annehmen wollte, da auch er einen Betrug vermutete. Lediglich die Prüfung der Banknoten überzeugte ihn.

Knapper als erwartet schafften die beiden die letzte Zugverbindung und müde aber zufrieden fuhren sie wieder in die aufziehende Nacht hinunter nach Süden.

Die ganze Zugfahrt ließ Marcus, der sparsam bishin zu geizig erzogen worden war, der Gedanke über den heute erworbenen Gesamtwert der Gegenstände nicht los und erfüllte ihn mit kindlicher Freude ob des Luxus sowie Bedenken ob solcher Ausgaben.

Die Nacht war dunkel und ein deutlich starker Wind pfiff von den Berggipfeln herunter in das kleine Dorf, als die beiden jungen Leute aus der Regionalbahn stiegen. Kein Taxi wartete diesmal vor dem Gebäude, sie mussten per Telefonzelle erst eines bestellen.

Es war nach halb zwölf, als Freya und Marcus in das Bett ihrer Berghütte fielen, nachdem sie die Einkäufe in das Durchgangszimmer gestellt hatten, welches bald nur noch „das Studio" heißen sollte.

Am darauf folgenden Tag war es bedeckt, dadurch angenehm kühl. Freya und Marcus lagen lange tief in den Kissen versunken und erst am Nachmittag begannen sie ihre neuen Habseligkeiten aufzubauen und sich einzurichten. Die kleinen Geräte und das Netbook als Zentrum wurden auf den Tischen verteilt. Die Boxen der Stereoanlage wurden in das neue Studio geschafft und an den

Computer angeschlossen, alle Instrumente und das Zubehör fanden ihren Platz, bis das Zimmer fast gänzlich zugestellt war. Freya mahnte zum Essen, als Marcus gerade Probeaufnahmen machen wollte. Am späteren Abend hatten beide soweit alles eingerichtet und sich von der relativ hohen Qualität der gemachten Testaufzeichnungen überzeugen können.

Am nächsten Tag in aller Frühe begannen sie mit der eigentlichen Arbeit. Dem kreativen Schaffen von eigener Musik.

Marcus hatte nach einer Weile einen interessanten Rhythmus zusammengestoppelt, den der Drumsynthesizer artig repetierte. Er hatte nie zuvor ein solches Instrument bedient, aber es funktionierte größtenteils intuitiv.

Freya improvisierte auf dem Synthesizer mit liegengelassenen Harmonien, welche sie aber immer wieder aufbrach, in Umkehrung spielte oder verzierte.

„Mit dem Kram lässt sich doch irgendwas anfangen!" meinte Marcus nach einiger Zeit schließlich.

Freya verzog den Mund kurz selbstkritisch, zeigte sich dann aber einverstanden.

Er startete einige Minuten später die Aufnahme und sie hämmerte die kleinen Tasten des elektronischen Instruments in groben Harmonien zu dem Beat, der ihr durch die Kopfhörer gegeben war, und ließ unmittelbar nach dem brachialen Sound feinfühlig einen umspielenden Lauf erklingen. Marcus stand einige lange Sekunden mit geschlossenen Augen, körperwippend vor den zwei Mikros, Effektgeräte an jene angeschlossen zu seinen Füßen und gab sich der Musik aus seinen Kopfhörern hin, bevor er die Klarinette ansetzte und je nach Vorgabe frech Töne spuckend auf scheppernde Beats und Akkorde, sanft umspielend, polyphonieschaffend zu sanften Arpeggien antwortete.

Im Moment des Musizierens dachte keiner der beiden konkret nach. Es wurde nur gespielt. Alle Gedanken, jeglicher Ausdruck, spontane Gefühlsregung, alles musste sich in das direkte Produkt – die Musik – kanalisieren.

Freya runzelte geistesabwesend die Stirn, als sie einige Regler mit der Rechten verstellte, die linke Hand lag in einem Akkord versunken, bis sie auf dem ersten Schlag des neuen Taktes ihre Rechte Hand in den Diskantbereich der Klaviatur zurückführte und ein Solo spielte: die Harmonien ließ sie vereinfacht im Bass liegen, während die

Finger ihrer rechten Hand hektisch und doch lässig chromatisch die kurze Tastenreihe hinauf tanzten, um sogleich dann über Triller, einer demontierten Bluespentatonik in Moll und einige Modiimprovisationen wieder herabzustürzen. Nach etlichen Minuten, in denen Marcus an dem blinkenden Drumcomputer einige Fills und Breaks verändert hatte, drehte er die Lautstärke herunter und Freya ließ erschöpft, aber lächelnd die Hände im erweiterten Tonikaakkord liegen. Marcus druckte auf die „Stopp"-Schaltfläche.

Freya stand auf, schüttelte sich die Finger aus und umarmte ihn.

„Spielst du nun eine Gitarre noch dazu?" fragte sie.

„Kann ich machen."

Marcus kam mit zwei Flaschen Bier zurück in das Studio. Freya saß vor dem Laptop, hörte hin und wieder irgendwas regulierend die Aufnahme. Er reichte ihr das Bier, welches sie kurz lächelnd annahm und an das seine stieß. Sie trank einen tiefen Schluck, war danach aber schon wieder damit beschäftigt weiter die Aufnahme abzumischen. Marcus sah ihr einige Minuten zu, setzte sich dann auf den Teppich an den Gitarrenamp gelehnt und griff einen Kugelschreiber und Zettel, auf dem Freya in ihrer eleganten Handschrift die gespielte Akkordfolge notiert hatte. Er missbrauchte den Verstärker als Tischchen und begann einen englischen Songtext niederzuschreiben.

Das Bier von Marcus war leer, er stand vor den Mikrophonen und Freya durchlief ein Schauer, als sie ihren Freund singen hörte, sie hatte ihn in den Tagen schon manchmal vor sich hin summen gehört, aber kein mal mit Ernst und Leidenschaft.

Kehlig schickte Marcus seine Baritonstimme aus seinem Körper. Mal ließ er sie rauh und wie betrunken Wörter fluchend formen, mal so weich und mit solcher Wärme, dass Freya eine Gänsehaut bekam. Wieder spuckte Marcus mit geschlossenen Augen eine Textzeile aus, wie Rotz während einer Erkältung um gleich danach sanft die Geschichte weiter zu erzählen. Sie erkannte auch Marcus' fremdsprachliches Studium wieder, denn er konnte sein Englisch mit fast britischer Eleganz (und Exzentrik) darlegen oder aber es mit Absicht grobschlächtig germanisch und irgendwie auch korrodiert (dennoch nicht minder artistisch) in das Mikrophon schnauben.

Er sang von einer alten Münze, die irgendwo vergessen worden war und herum lag und sich zurück in die Zeit dachte, als sie noch von Hand zu Hand gegangen war. Was banal klang, klang in all der Beschwörung und Ehrlichkeit getragen vom bloßen Zierrat der Musik einige Minuten später schon deutbar und reich. Und wenn Marcus beim Singen in Freyas Gesicht blickte, empfand er vor keinem seiner ausgedrückten Gedanken Scham. Der tiefe Sinn, der doch so offensichtlich war, dass man ihn gar nicht anzunehmen glaubte, war schlicht da und wog trotzdem so schwer. Schwerer als eine Goldmünze voller Hass und Güte.

Das Einsingen der Hauptstimme dauerte nur einige Minuten. Aber es brauchte danach einige Überredung, obwohl es mit dem Kauf der Instrumente schon selbstverständlich geworden war, bis Freya sich schließlich zur Aufnahme vor die Mikros hinstellte und auf Marcus' Handzeichen begann eine zweite Stimme auf die Melodie zu singen.

Freya, so zierlich sie war, zog auf Marcus' Baritonmelodiebögen straff eine sonore Altstimme herüber. Nachdem sie Marcus im Mittelteil des Liedes einige lange Takte alleine singen ließ, analysierte sie seine Stimme und gesetzt wie große Steine in einem flachen Strom, mal brechend und widerstrebend, mal sanft hügelig, nahm sie musikalische Einwürfe wieder auf, diesmal im deutlich höheren Register ihrer Stimme. Mit Beginn des dritten Gesangteiles sprang sie grazil im klaren Mezzosopran, vielleicht sogar noch etwas höher, auf Marcus' Melodie erneut herauf und schmiedete ihre Töne so genau an die seinen, sodass die Zweistimmigkeit ein einziger Klang wurde.

Wenn die Bearbeitung eines lyrischen Textes ihn erst zum Diamant schleifen sollte, dann wollten Freya und Marcus jeden Splitter erkennen. Der vollendete Diamant, war gar nicht das spannenste. Zu erkennen, was roher Stein, was Abfall und was Schmuckergebnis war, das war die Essenz eines jeden schöpferischen Vorgangs, das war Freyas und Marcus' Ansporn... Zumindest für diesen Tag.

Beide lagen wieder auf der Wiese eng beieinander und starrten in die aufziehende Nacht. Hinter den Bergkuppen westlich von ihnen, sprühte die Sonne noch im kraftvollsten Rot ihr Licht ans Firmament. Wie eine Krake spreizte sie ihre Strahlenarme weit auseinander, doch den Kampf gegen das Dunkel würde sie auch diesen Abend wie seit dem ersten Tag an verlieren.

Erwartungsvoll sahen Freya und Marcus den sich in feinsten marineblau einhüllenden Osten an, der die ersten Sterne silbrig angesteckt hatte.

Freya küsste im Heranrollen den Hals ihres Freundes. Dieser hatte nach Freyas Gesang noch die Gitarre für die Aufnahme eingespielt. Es war ein gutes, dankbares Instrument, seiner zurückgelassenen Gitarre nicht unähnlich. Marcus hatte meist schlichte Akkorde mit einigen Umkehrungen zu der Harmonik des Synthesizers gespielt, aber das Lied noch um ein effektgeladenes Gitarrensolo ergänzt. Mit einigen weiteren Lückenfüllern vom Synthesizer und einer groben Soundabmischung waren die beiden jungen Menschen erst einmal zufrieden mit ihrer Arbeit und sie waren in die Bergluft getreten um den Abend ausklingen zu lassen.

Marcus' Augenlider waren schwer. So schwer wie schon seit Jahren nicht mehr. War es die hochkonzentrierte Arbeit oder die Reise nach Zürich, was ihn so ermattet hatte?

Freya redete sanft darüber wie beeindruckend sie in den Ferien immer hier die Schönheit der Nächte erlebt hatte und ihre Stimme war ruhig umspülend, leise und langsam.

Er spürte, wie seine Augen nicht mehr offen zu halten waren und er erkannte zwei mal, dass er schon in einen Sekundenschlaf gefallen war, bis er vollends im Wiesengras auf dem Berge einschlief.

Marcus hatte einen merkwürdigen Traum. Er saß in dem heruntergekommenen Gartenhaus seiner Tante. Wie früher als kleiner Junge war er in den Wiesen seiner Geburtsstadt herumgetobt, als es plötzlich angefangen hatte heftig zu regnen. Darum war er in die Gartenlaube geflüchtet um dort den Schauer abzuwarten. Das Gartenhaus war spartanisch eingerichtet und auch nicht aufgeräumt, doch es war trotzdem sehr gemütlich und ein toller, abenteuerlicher und doch irgendwie heimatlicher Ort schon immer gewesen.

Gerade als Marcus aufstehen wollte, da er glaubte es hätte aufgehört zu regnen, hörte er auf einmal ein lautes Krachen und einen aufbrüllenden Motor. Erschrocken lief er aus der Hütte ins Freie.

Ja, es regnete nicht mehr, doch da in dem Garten stand ein riesiger Bulldozer, der bereits den krummen Gartenzaun unter seinen Ketten zermalmt hatte und nun auf das Häuschen zusteuerte. Marcus schrie aus Leibeskräften den Fahrer an, er solle anhalten und wedelte dabei wild mit den Armen. Da hörte der Fahrzeugführer ihn und würgte den Motor ab. Der Bulldozer kam zwei Meter vor Marcus zum Stehen. Noch mitten in der Erleichterung, erkannte Marcus, dass der Fahrer der Kellner aus dem Café in Zürich war. Doch sah dieser junge Schweizer viel freundlicher aus als da noch in der Fußgängerpassage in Zürich.

Der Kellnerfahrer sprang vom Bulldozer und rief Marcus zu: „Mann! Das war aber ganz schön knapp!" Komischerweise sprach er nicht im geringsten Schweizerdeutsch oder jenen Akzent im Hochdeutschen. Nein, vielmehr glaube Marcus sogar eine dezente norddeutsche Aussprache zu erkennen. Außerdem kam ihm die Stimme dabei noch sehr vertraut und bekannt vor.

„Was machen Sie hier?" stammelte Marcus zurück.

„Na, ich reiße die Hütte ein!" antwortete der Kellner oder Bulldozerfahrer gut gelaunt.

„Was? Nein! Wieso das?" Marcus wurde ängstlicher.

„Na, Sie haben mich doch hierher bestellt!" sprach Marcus' Gegenüber verwundert.

„Ich soll sie bestellt haben? Aber wieso?" Marcus war nun vollends durcheinander.

116

„Keine Ahnung! Sie haben mich herbestellt und ich bin gekommen und ich werde meine Arbeit erledigen!" entschloss sich der junge Kellner nun überzeugt, sprang auf seinen Bulldozer wieder auf, legte einen Gang ein, startete den entsetzlichen Motor und hielt direkt auf das Häuschen zu.

Marcus musste auf ihn einschreiend zur Seite in ein Gebüsch springen, um nicht überrollt zu werden. Er landete unsanft, wirbelte aber doch in den Blättern sofort herum und sah gerade noch, wie das alte Gartenhäuschen, gleich aus Pappe gebaut, zusammenfiel und unter den erbarmungslosen Ketten zermahlen wurde, mit all seinen Geräten und schäbigen Möbeln in ihm.

Der Kellner hupte grüßend und winkte sogar zum Abschied, als er auf die Straße abbog und alsbald verschwunden war.

Marcus saß fassungslos auf der Erde und blickte auf die Ruinen der kleinen Laube noch lange nachdem sich der Staub gelegt hatte. Plötzlich sprang er wie von einer Schlange gebissen auf und rannte in zunehmender Verzweiflung den Sandweg entlang, der zur Straße führte und auf dem Bürgersteig weiter. Er lief und lief bis er schon gänzlich erschöpft vor einem Haus anhielt, das wie ein kleineres Bürogebäude aussah.

Ratlos und ohne überhaupt zu wissen warum, betrat er keuchend das Haus. Drinnen war alles still und kein Mensch war zu sehen. Marcus schritt den erstbesten Flur entlang und zog schließlich wahllos eine Tür auf. Das Vorzimmer war in einem warmen rotorangenen Farbton angestrichen, es waren edle Möbel in ihm und die moderne Stehlampe verbreitete ein angenehmes Licht.

In seiner Erschöpfung ließ Marcus sich auf die Ledercouch fallen, legte die Füße hoch und schloss kurz die Augen um sich auszuruhen. Er lag gar nicht so lange, war aber doch schon etwas weggedöst, als sich eine der Seitentüren öffnete und eine junge Frau heraus trat.

Marcus fuhr vom Geräusch auf und erschrak noch mehr als er die Frau sah, da sie ihm sofort ganz bekannt vorkam und doch wusste er wieder nicht wer sie war.

Die Dame hatte einen schlanken, recht kleinen Körper und erschien Marcus vermutlich gleichalt oder geringfügig jünger. Marcus betrachtete noch immer perplex und unverhohlen ihr Gesicht, ihre braunen, sehr warmen Augen, welche dunklen Kandisstücken und Bernsteinen ähnelten und ihr brünettfarbendes Haar. Als Kleidung und Schmuck trug die junge Frau ein sehr schlicht geschnittenes, schwarzes Kleid mit breiten Trägern, das ihr aber ausgezeichnet stand, flache schwarze Turnschuhe, weinroten Nagellack auf den ganz kurz geschnittenen Nägeln.

Wie verzaubert gaffte Marcus, was die Angeblickte amüsierte und schließlich sagen ließ:

„Hallo Marcus!" Ihre Tonlage wurde im Weitersprechen zärtlicher aber auch sehnsuchtsvoller: „Wie schön, dass du gekommen bist! Ich hab' den ganzen Tag an dich gedacht!"

Marcus stutze und kam erst jetzt wieder ganz zu sich: „Moin! Äh... kennen wir uns?" Er stotterte.

Die junge Frau lächelte sehr kurz, wie aus Höflichkeit über einen dummen Scherz und kam dann mit ihrem besorgt-liebevollen und doch sehnenden Gesichtsausdruck auf ihn zugeschritten und setzte sich dicht neben ihm auf die Couch.

„Ich bin es doch: Amber!" antwortete sie zögerlich, nachdem Marcus geschwiegen hatte.

Amber? Marcus war sich sicher, noch nie einen Menschen mit diesem Namen kennengelernt zu haben und traurig und verwirrt lächelte er einfach die junge Frau in erkennbarer Hilflosigkeit an.

„Ach, Marcus! Ich liebe dich doch so sehr!" sprach sie nun flehend und begann plötzlich Marcus intensiv zu küssen. Dieser berührte ihre Wangen, als er den Kuss spontan erwiderte. Er schloss die Augen und hatte das Gefühl oder die innere Wahrnehmung, Amber und sich selbst beim Küssen von oben, aus einer außenstehenden Perspektive wie von einer Überwachungskamera im Raum zu sehen. Von ihrem Gesicht schien eine verzehrende und unendlich einladene Wärme zu strahlen und ihre geschlossenen Augen riefen Verheißungen in Marcus' Brust.

Die ausgetauschten Küsse waren von einer Aufrichtigkeit und Ehrlichkeit, wie Marcus sie noch nie bekommen und gegeben zu haben glaubte. Erst nach einer zu kurzweiligen Ewigkeit dennoch lösten sich die Lippen voneinander und Amber stand auf.

„Ich muss jetzt weiter arbeiten!" sagte sie traurig.

„Wie? Aber... aber ich dachte du kommst jetzt mit mir! Oder ich mit dir – also dass wir zusammen bleiben!" sagte Marcus wieder durcheinander.

Amber schüttelte traurig den hübschen Kopf und sprach leise:

„Das kann ich doch nicht Marcus! Du weißt doch genau, in den Alltag hinein kann dich keiner begleiten! Diesen Weg musst du alleine gehen, bis du in ihm völlig angekommen bist." Sie zögerte kurz, dann fuhr sie flüsternd fort: „Und... nun ja... dein Weg in deinen Alltag ist besonders schwer und steinig, aber dafür so ganz bedeutend einzigartig!"

„Ich verstehe nicht so ganz–" begann Marcus, doch da schüttelte Amber nochmals den Kopf und ergänzte mit aufgesetztem Lächeln.

„Marcus! Mach es uns doch nicht so schwer! Du bist doch ein Feminist und kämpfst auch gegen Sexismus, oder?"

Das stimmte, also nickte er.

„Dann quäle uns beide bitte nicht mit dem, was so offensichtlich erscheint!" flüsterte Amber nun mit bebenden Lippen.

„Aber... aber... Liebe und Begehren sind doch keine Herabwürdigungen!" stotterte Marcus verzweifelnd laut – er musste es jetzt fragen, obwohl er wusste, dass es niemals unpassender war als jetzt:

„Darf ikh onriren dayn Knishele?" Durch die Liebe zum Klezmer konnte er ein bisschen Ambers Muttersprache, die ja nun eh nicht so weit und doch am weitesten von der seinen entfernt lag.

Amber schien plötzlich verduzt und sie begann zu lächeln, während sich doch ihre Augen mit Tränen füllten.

„Das scheint mir nicht deiner vorherigen Versicherung entsprechend!" antwortete Amber auf deutsch. „Aber, ja – hättest du sonst gedurft! Lebe wohl, Marcus!" wisperte Amber, die sich während Marcus' Frage rückwärts zum Fenster bewegt hatte.

„Was tust du?" Marcus war von der Couch aufgesprungen.

Amber öffnete das Fenster, drehte sich nochmals mit Tränen in den Augen um und kaum hörbar sprach ihre erstickte Stimme: „Ich liebe dich, Marcus!"

Dann ließ sie sich rücklings aus dem Fenster fallen.

„NEIN!" Marcus' Schrei gellte durch das verwaiste Bürogebäude, als er zum Fenster hechtete. Obwohl er sich nicht erinnern konnte irgendeine Treppe erklommen zu haben, sah er, dass es aus dem Fenster circa sieben Stockwerke nach unten ging und in der grauen Tiefe des Betonhofes lag Amber tot. Die zarten Glieder verdreht und zerschlagen, das warme strahlende Blut verfärbte und verleuchtete die Tristesse der optischen Technokratie.

Marcus heulte verzweifelt auf und brach zusammen und in Tränen aus. Am Fensterrahmen weinend lag er auf dem dicken, teuren Teppich des Zimmers und schüttelte sich unter Krämpfen.

Hier erwachte Marcus. Er zitterte am ganzen Körper. Der Himmel war komplett in einem tiefen Dunkelblau gekleidet und blitzte unter der Sternenzahl. Freya lag eng an ihn geklammert und schlief frierend und zitternd. Es war sehr kalt geworden und das Gras war feucht in der Nacht.

Wie lange hatte er geschlafen? Was war das für ein Traum? Marcus fasste sich gewaltsam und weckte Freya. Ähnlich verstört wie er erwachte sie und ging mit ihm sofort in die Berghütte zurück. Es war kurz nach dreiundzwanzig Uhr, also hatten beide über ein und eine Viertelstunde auf der Wiese geschlafen. Schlotternd huschten sie in das Bett und waren alsbald wieder eingeschlafen.

Kapitel V

Marcus schlief lange am nächsten Tag. Um elf Uhr siebzehn erwachte er schwitzend und frierend zugleich. Sein Kopf schmerzte und sein Blickfeld drehte sich kurz, er fühlte sich elend. Freyas Bettstatt war verlassen und kalt.

Marcus versuchte sich zu erinnern was gestern geschehen war und nach über zehn Sekunden gelang es ihm endlich.

„Was für ein wahnwitziger Traum!" dachte er sich und versuchte sich des Wiedereindrucks zu entsinnen, um sich gleichzeitig von seiner Verfassung abzulenken. Der Traum schien ihm reichhaltig und inspirierend und ekelhaft. Ein Traum für einen verschlossenen Tag. Ein Traum, der den Tag ausschließt. Ein Traum, der einem den ganzen Tag nicht mehr aus dem Kopf geht. Die Umwelt wird dabei nebensächlich und so verzückt vom warmen, bergenden Traum ist man, dass man am Abend gespannt, fast wie ein Kind vorfreudig, schon etwas früher unter die Decke schlüpft, in der Hoffnung der vergangene Traum käme nicht allein, sondern er sei einer aus einer Periode der reichen Träume aus dem Traumreiche. So zumindest hatte es Marcus einige Male erlebt und es war für ihn immer eine ehrliche Freude in seinem zerstörten Alltag der Depression gewesen, fernab von jeglichen schalen Vergnügungen und verdrogten Betäubungen.

Fahrig kratzend fuhr sich Marcus über seine Stirn und erschrak, da diese fieberheiß und schwitzig war.

„Scheiße!" dachte er sich. Doch jetzt erhob er sich hektisch und schritt in die Wohnküche.

Freya saß mit einer Tasse Tee in der gemütlichen Sitzecke, hatte den Synthesizer vor sich, Kopfhörer aufgesetzt, Block und Kugelschreiber neben sich und komponierte. Wenn ihr etwas brauchbar erschien, notierte sie sich die Harmonien und skizzierte Notenläufe.

Sie lächelte, als Marcus eintrat und nahm die Kopfhörer von ihrem mattblonden Schopf.

„Guten Morgen, Marcus!" sagte sie glücklich. „Ohje, du siehst ja gar nicht gut aus!" fuhr sie sichtlich besorgter fort, als Marcus einige Schritte Richtung Tisch getan hatte.

„Nein, nein! Es geht schon! Ich… mir geht's ganz gut." er wusste nicht im Geringsten, warum er Freya eigentlich anlog.

„Wirklich?"

„Ja, na klar! Ich möchte ja heute auch mit dir an den Songs weiterarbeiten."

Dies war keine Lüge. Marcus gierte darauf das Studio wieder mit der gemeinsamen Kreativität zu füllen. Doch nun erkannte er auch in seinem fieberschwindelnden Blick, dass Freya ebenfalls etwas müde, ja fast kränklich aussah.

Diese hatte sich bald wieder ihrem Papierbogen mit den Noten und dem Instrument gewidmet, während sich Marcus zum Frühstück mit einer Tasse Kräutertee und einer Apfelsine an dem Küchentisch niedersetzte.

„Du Marcus, hilf mir dich mal!" bat Freya plötzlich. „Ich möchte hier diese Akkorde interessant auflösen, aber das klingt alles nicht so gut."

Freya schien sich ein bisschen über sich selbst zu ärgern. Marcus erhob sich, wobei ihm für einen sehr kurzen Moment schwarz vor Augen wurde und er sein Kreislauf zusammensacken fühlte. Hastig griff er nach der Tischkante und zwang seinen Körper. Freya schien nichts bemerkt und fuhr fort als Marcus zu ihr trat:

„Also, wenn ich in die Tonika oder die Tonikaparallele auflöse, klingt es natürlich stimmig, aber wie tausende Male gehört – einfach nur langweilig."

Freya spielte die Harmoniefolge herunter und demonstrierte beide verschiedenen Schlussakkorde.

Marcus spielte stümperhaft die Harmonien nach und griff dann zur Auflösung einfach den Grundton und fügte instinktiv, doch schlussendlich wahllos einige Töne dazu. Die Harmonie klang im alten westlichen Musikkosmos verortet aufgelöst und doch gleichzeitig wie innerlich bereit weiterzurollen, sich zu winden und zu streben. Mal glatt, mal punktiert, mal in Triolen stolpernd tänzelnd sich weiter zu erstrecken.

„Hey, das klingt ja cool! Richtig anders!" Freya war begeistert, Marcus hingegen von sich selbst überrascht, da er ein derartiges Klangbild nicht erwartet hatte.

Sie versuchten den Akkord zu analysieren, gaben aber nach über zehn Minuten auf, da sie sich interpretativ nicht einigen konnten, ob es eine alternierte Tonika war, oder doch eine Modulation, die lediglich den Grundton ihn ihrem Tonmaterial innehatte.

„Letztendlich entscheidet die Praxis, der Zusammenhang, was das für ein Scheißakkord ist." sagte Marcus müde und ging zu seinem Tee zurück, der mittlerweile erkaltet war.

Mit dem neuen Material von Freya verzogen sich die beiden wieder in den Zwischenraum und begannen zu arbeiten – bis in den Abend hinein. Hundeelend ging Marcus schon um halb zehn zu Bett. Besorgt kam Freya noch an das Bett, doch nuschelte Marcus wieder nur eine Ausrede, dass er Schlaf nachholen wolle.

Am nächsten Tag ging es Marcus etwas besser. Er arbeitete mit Freya konzentriert weiter, doch nach dem Mittag spürte er, wie das Fieber heftig zurück in sein Körper kroch. Schließlich zwang es ihn zur Aufgabe. Er hatte gerade einen ausgedehnten Klarinettenlauf aufgenommen und ihm war noch schwindelig von der Anstrengung, doch er stand schon wieder bereit mit seiner E-Gitarre, um schrille Einwürfe in großen Septimen (Grundharmonie war ein Major-Septakkord) zu ergänzen, da wurde ihm plötzlich so flau im Magen und vor seinen Augen tanzte das Zimmer und wurde unscharf, dass er einfach lautlos in sich zusammensackte.

Marcus öffnete unbestimmt wieder die Augen. Er lag auf Freyas Oberschenkeln, sah ihr besorgtes Gesicht über sich, an seiner Nase konnte er schielend frische Blutbahnen sehen, die von seiner Stirn herabgeronnen schienen.

„Marcus! Mann, sag doch, dass du Fieber hast!" wisperte Freya den Tränen scheinbar nicht sehr weit entfernt.

„Tja... Ich dachte is' nich' so doll." Marcus hörte seine Stimme hauchig. Er räusperte sich und setzte lakonisch hinzu: „Wie lange war ich weg?"

„Zwei, drei Minuten! Mann! Das kannst du doch nicht machen! Du musst sofort ins Bett!"

Marcus war zu erschöpft um irgendetwas zu entgegen. Ins Bett wollte er schon gestern, doch der Drang weiter Musik zu machen, hatte ihn auf den Beinen gehalten. Freya half ihm in die Koje und brachte einen Tee. Marcus' Gedanken tanzten und er schwitzte stark. Das Zimmerlicht erschien ihm grell und hässlich brennend.

Schließlich fiel er in einen fiebrigen Traum.

Er träumte von einer tiefgrauen Asphaltstraße, die sich über einen Hügel zog. Der Mittelstreifen blitzte immer wieder grell auf, da er die steile Hügelkuppe hochfuhr. Das Leuchten wirkte so stark, dass es Marcus' Augen zu versengen schien, sich in sein Hirn bohrte und dort schreiend mit metallischem, kreischendem Schaben seine Synapsen zu peinigen schien. Die Kuppe war fast überquert, man konnte sie beinahe überblicken, doch wie auf einem Laufband rollte die Straße unter ihm fort und er kam nicht über den Hügel hinweg.

Plötzlich wurde ihm so elend unter dieser Härte und übergreifend, traumzerfließend schreckte er auf und spürte seinen Magen sich winden. Die Kotze drängte sich schon in seinen Hals. Im Dunkel des Zimmers, denn es war bereits später Abend geworden, sah Marcus den blauen Eimer neben seiner Bettseite, wohlweislich von Freya dort platziert. Mit bebenden Körper und zitternden Händen den Plastikrand umfassend erbrach sich Marcus mehrmals in den Eimer.

Alles in ihm raste, wie ein sadistisches Karussell, in welches man mit Mutwillen hineingestoßen wurde. Ganz anders als der Schwindel und die Übelkeit eines missbrauchten Rausches, der als eine freiwillig betretene, aber unterschätzte Attraktion sein Tribut fordert.

Gänzlich ausgekotzt sank Marcus noch immer zitternd in die Kissen zurück. Freya öffnete leise die Tür. Sie hatte das Würgen und Keuchen im Nebenzimmer gehört. Aus der halbgeöffneten Tür fiel ein trauriger Lichtkegel in das kleine Schlafzimmer. Freya schlich zu Marcus und küsste seine Stirn auf der kalte Schweißperlen standen.

„Marcus, du musst schnell wieder gesund werden!"

„Werd's versuchen..."

„Einen Arzt zu holen wäre ziemlich problematisch, gerade mit der Bezahlung der Krankenkasse und so weiter. Du weißt schon... wo wir hier wie geflüchtet oder versteckt sind." murmelte Freya.

„Ich weiß..."

Marcus spürte noch Freyas Hand, die sein Haar sanft streichelte, als er wieder in den Schlaf herübeglitt. Nach einem traumlosen, tiefen Schlummer, versunken ohne Erinnerung, vergessen ohne Reue, verbraucht ohne Leben, ein Schlaf der Wiedergeburt, erwachte Marcus kurzzeitig. Draußen herrschte noch dämmeriges Zwielicht. Er schwitzte sehr stark, das Bettlaken war völlig durchnässt und bis zum Kinn war er mit mehreren Decken zugedeckt. Freya hielt ihn fest umklammert und ihr nackter Leib war glatt vom Schweiß. Sie schlief unruhig mit einem schweren Atem und aus ihrem geöffneten Mund lief ein bisschen Speichel. Ihre kleinen Brustwarzen waren hart und steif und kitzelten an Marcus' Rippen. Auch er selbst war von Freya entkleidet worden und wärmte sich an ihr, da er trotz des Schwitzens fror. Trotz der Enge und des nassen Bettes fühlte Marcus eine tiefe

Geborgenheit in sich einfließen und erneut schloss er seine Lider und schlief bis in den nächsten Tag hinein.

Marcus duschte sich nach dem Aufstehen, wusch das Salz von seinem Körper, half entkräftet Freya dabei neue Bettwäsche zu beziehen und legte sich erschöpft wieder in die frischen Laken zurück. Freya hatte beiden ein wenig zu essen ans Bett gebracht, nach ihrem Duschen ein Kriminal-hörspiel, welches sie zwischen den elterlichen CDs gefunden hatte, auf dem Laptop zum Zuhören ein-geschaltet, sodass Marcus bald wieder eingenickt war und Freya, neben ihm liegend, ebenfalls.

Wieder schwitzend und schon in leichter Ver-zweiflung in einem kränklichen Déjà-vu eingesperrt zu sein, erwachte Marcus um elf Uhr vierunddreißig des folgenden Morgens. Zwar fühlte er sich besser nach über vierzehn Stunden Schlaf, doch sein Körper schmerzte in jedem Kno-chen und elend kam ihm sein Siechlager vor. Die Sonne leuchtete hell und kraftvoll, dadurch aber in seinen Augen schmerzend, in das Schlafzimmer.

Er drehte sich zu Freya um, die wieder unruhig schlief. Er streichelte ihr diesmal das Haupt und wieder erschrak er: Freyas Stirn war sehr heiß und glänzte zwischen den matt leuchtenden Haar-strähnen, welche teils vor kalter Transpiration an der selbigen klebten.

Auch sie hatte Fieber bekommen.

Besorgt schuckelte er seine blonde Gefährtin wach. Freyas lohende Augen kamen hinter schläf-rig blinzelnden Lidern kräftig zum Vorschein.

„Freya, du hast Fieber!" flüsterte Marcus, nachdem sie sich etwas besonnen hatte.

Sie schob langsam ihre Finger unter ihr fahlgol-diges Haar und befühlte ihre Stirn.

„Du hast Recht!" antwortete sie tonlos, fügte dann hinzu: „Naja, das war wohl zu erwarten ge-wesen. Hab' ich mich wohl bei dir angesteckt, oder mich selbst in der Nacht erkältet."

Marcus zog sie eng an sich und dann noch die Bettdecke hoch an ihre Kinne heran.

„Wir müssen gesund werden!" flüsterte Freya.

„Ja, und wir bleiben hier in der Matratzenburg und verbarrikadier'n uns, bis wir wieder fit sind! Wir haben ja uns zum Glücke und sind füreinander da!" irgendwie lächelte Marcus bei dieser Antwort.

Freya nahm dies kostend als Reaktion und ant-wortete: „Wenn's dann 'ne Burg wird und keine Heine'sche Gruft!"

„Vielleicht keine Burg, eher ein gemütliches Lustschloss!" wisperte er ganz lächelnd zurück und schüttelte sich noch immer frierend.

„Lustschloss? Eine umschließende Möse, die tropft?" fragte Freya nun grienend.

Marcus war kurz verwirrt, weil er glaubte sich verhört zu haben.

Die folgenden Tage drei Tage vergingen schnell im Moment, aber langsam, sehr zehrend in ihrer Gesamtheit. Marcus und Freya versuchten viel zu schlafen, hörten CDs, lasen sich vor, tranken heißen Tee in großen Mengen, kuckten ab und an auf dem kleinen Laptop eine DVD aus der elterlichen Sammlung und lagen sonst Geschichten, Anekdoten und Ideen erzählend und philosophierend, schwitzend aneinander geschmiegt unter den Decken.

Darüber hinaus begegneten sich ihre nackten Körper immer wieder voller Leidenschaft. So fuhr im Morgensonnenlicht Marcus' Zunge durch Freyas Labien zu ihrem Venushügel hinauf und im Regenschauer eines Nachmittags, denn es regnete öfters diese Tage, gab Marcus mit geschlossenen Augen seinen Samen in Freyas Körper, die mit friedlichem Lächeln in seinen Armen gehalten wurde und sich mit ihrem Geschlecht an das seine presste.

Am dritten Tag nach dem Rückzug in das Bettgefilde fühlten Freya und Marcus sich kuriert und sogar verhältnismäßig energiegeladen, wenn man von den bettlägerigen Schmerzen absah. Der letzte Tag war dabei eher Faulenzen gewesen, als ein auf Genesung fokussierter Ausliegungsprozess.

Es war ein stürmischer, aber mal nicht verregneter Freitagmorgen, als die beiden kurz vor zehn Uhr aufstanden. Im Gefühl beglückt eine Krankheit hinter sich gelassen zu haben bereiteten sie ihre Arbeit wieder vor. Marcus fuhr einkaufen, da fast alle Vorräte aufgebraucht waren. Der Jazz in den Ohren trieb ihn voran und die frische Luft quoll in seine Lunge, wie eine herzliche, stürmische Umarmung, die vielleicht auch etwas schmerzt, doch in der Aufrichtigkeit immer schön und liebenswert ist. Die Abgestandenheit und Ruhe der Krankheitstage drückte sich so einfach aus ihm heraus und fast fühlte er sich – wenn er die Augen schloss – in die zugige Hansestadt zurückversetzt, so wehte ihm der Wind um die Nase, doch er wusste an seiner Freude, dass er fort und seiner alten Tristesse entkommen war.

Als er bepackt zurück ins Häuschen auf dem Berge kam, da hatte Freya angefangen eine ruhige Ballade aufzunehmen.

Mit verletzlicher Stimme a cappella in Altlage begann das Stück und je mehr Emotionalität Freya in die Musik goss, umso höher wurden ihre Melodieläufe und die Musik schwoll immer mehr an. Ihre Violine, akustisch aufgenommen, hatte sich zu ihrer Stimme eingefunden und langsam und ernst schwangen die Saiten angefacht und konstant vom Bogenstrich befeuert. Und schließlich stützte genossenschaftlich teilend die Harmonie des liegengelassenen Akkords ihre Stimme, bis zart und subtil aber natürlich doch immer streng repetitiv, ein elektronischer Beat sich in das intime Duett aus Stimme und Violine einschleuste um die Geige kraftgebener zu grundieren. Mit plötzlicher Macht fügte sie sich aus der rezessiven Rolle heraus, umfloss die Stimme und formte ein intim sprudelndes Duett. Marcus wusste vor Beeindruckung kaum etwas später dazu aufzunehmen. Er begnügte sich im Spannungsbogen ein flirrendes Call and Response mit der Gitarre zu der Violine einzuspielen. Eine trockende Basis mit schlichten unverzerrten Standardharmonien, größtenteils in Dur. Das Ende der Ballade fiel zurück in den vokalen Anfang: Freya sang traurig und ihre Violine antwortete dazu.

Marcus versuchte diese Schlussszenerie intensiver auszumalen. Er gab der vereinsamten Geige eine zarte, lebenserblühende Klarinette an die Seite und dazu seinen schönsten, vollsten, rundesten und wärmsten Bassbariton, den er sich nur aus der Brust tragen reißen konnte. Für Freya wollte er bis zur letzten gedanklichen und körperlichen Faser ein würdiger Duettpartner sein.

Der Beat war schon lange verklungen, Violine und Klarinette abgeebbt und zur Ruhe versunken, da sangen die beiden Stimmen noch immer kraftvoll und felsig-traurig und sinnend-weich zusammen.

Dies war nicht der letzte Song, den Freya und Marcus auf dem lebenden Berg formen sollten, es war vielmehr der künstlerische und intellektuelle Donner- und Paukenschlag als Ankündigung ihrer zukünftigen Arbeit. Sie arbeiteten hart, mal minutiös, mal orgiastisch . Drei Tage wurde an einer elektronischen Rhythmusuntermalung getüfftelt, bis jene für tauglich empfunden wurde. An einem anderen Tag stellten Freya und Marcus mit schiefem Grinsen vier Songs grob fertig; spontane

Jams, die sie spaßeshalber aufgenommen hatten, aber den beiden so gut gefielen, dass kaum noch großartig daran in irgendeiner Weise herumhantiert werden musste.

Auch experimentierten die beiden jungen Leute forschend:

ein achtminütiges Klarinettensolo war okay.

Freya flüsterte zweimal „Mach weiter!" an einem Tag: einmal als Marcus ein atonales Gitarrensolo in gut erwägter, überlegter Entscheidung einspielte und Freya ihn anspornte es ruhig noch etwas länger auszureizen und ein zweites Mal, als sie ihn zu sich auf den Tisch in der Schere ihrer Beine zog.

Mit harten blauen Augen tastete Freyas Finger auf den Play-Knopf der Drummachine und dekonstruierte Beatlandschaften: verkarstete Ländereien im unbarmherzigen Siebenvierteltakt, von außerirdischen Synthesizererzeugnissen bevölkert wurden aufgezeichnet, über denen Marcus apokalyptischen Regen einer übersteuerten, verzerrten und tiefer gestimmten E-Gitarre kakophonisch ausgoss. Beide brüllten wie von Sinnen Worte von ungeahnter Poesie und Dummheit in die Mikrophone, sodass man die Klischees im Raume förmlich schreiend zersprengen hörte.

Heitere, folkloristische Lieder entstanden: Klarinette, Geige, Satzgesang und Akkordeon, aber die Volksmusik musste sich als mutiert erkennen; Dichtungsjuwelen, oder zumindest das was Freya und Marcus dafür hielten, wurden ihr dreist in den Mund gelegt und Elektrizität suchte sie blitzend heim. Auch stolperte der Takt immer wieder mit und ohne Absicht, wurde zu einem Komödianten im Verkleidungsstück und kein noch so wundersames Kostüm war ihm fremd.

Solide Rocksongs nahmen die beiden auf, die sie doch attraktiv dann aber unikatierten, indem sie schnörkellosen Industrialrockliedern plötzlich träumende, delaybehaftete Jazzklarinettenoutros verpassten.

Freyas Stimme wussten sie aufzuzeichnen, von eigener charmanter Undamenhaftigkeit im wüsten Zetern unterbrochen und fröhlich verunstalteten sie klare Vokalpassagen, indem sie Gesangsspuren in der digitalen Nachbearbeitung veränderten, wenn sie absichtlich unwissend die animierten Oszillatoren des virtuellen Synthesizers wahllos aufdrehten und krude Effekte anklickten.

Marcus interpretierte Papageno aus Mozarts Zauberflöte auf seine Art, während Freya grinsend von einer Pianoklangfarbe des Synthesizers auf einen brachialen Hammondorgelsound wechselte und er im Kopfhörer zynisch-erlösend seine eigene funkige Wah-Wah-Gitarre hörte.

Auf-die-Fresse-Elektropunk, radikal und doch als humanitäres Manifest voller Güte und Hass im minimalistischen Rahmen landete auf der Festplatte, genauso wie Gedichtvertonungen, gespeist aus dem Bücherregal rauf und runter: Schiller, Ginsberg, Heine, Baudelaire, Hesse, Jandl und sogar Walther von der Vogelweide.

Kurzum: mit viel Mühe und Pflege versuchten die jungen Menschen ein musikalisches Werk erblühen zu lassen, das zwar nur ihrer eigenen Freude diente, aber durch das eigene Selbstbewusstsein eine gerechtfertigte Existenz zugedacht wurde, die keine Bewunderer oder Rezipientinnen brauchte.

Auch war die Musik ja nicht die alleinige Kunstform – zumindest für Marcus – in der er versuchte sein Selbst zu prägen. Er hielt konstant eine gewisse Menge lyrischer Arbeiten am Laufen. Etwa jeden zweiten Tag schrieb er ein Gedicht. Meist über seine derzeitige Gefühlslage, philosophische Ideen oder einfach Erinnerungen und alltägliche Momente. Er wusste selbst, dass das eine große Kitschgefahr in sich bargt, aber für die psychotische Lyrik seiner Hansestadtzeit ging es ihm momentan zu gut und er fürchtete sich auch vor einem Rückfall in diese dunkle Poesie.

Er begann einen Theatereinakter zu schreiben, denn er hatte ein merkwürdiges Faible für diese fast lyrikhafte Form der Dramatik. Das Stück handelte von einem Bergdorf, das gebeutelt und polarisiert durch eine Wirtschaftskrise eine autonome Selbstverwaltung und Geldentmachtung beginnt. Durch die Abgeschiedenheit funktioniert die Basisdemokratie und Autonomie erstaunlich gut und mehrere weitere Dörfer treten dem futuristischen Verbund bei. Kultur und Menschlichkeit blühen, bis das Klischee an der Wirklichkeit der niederknüppelnden Regierung zerbricht und die idealistischen Protagonisten in das Exil der Berge gehen müssen oder zu Klump geprügelt werden. Vielleicht tauchten auch noch ein paar Rassisten auf, die diesen Idealismus nicht vertragen könnten. Marcus wusste es noch nicht.

Marcus versuchte die platte Didaktik und den trüben Fatalismus, dessen er sich natürlich vollauf bewusst war, mit einer Synthese aus Emotionalität und Humanität artistisch umzupolen. Die poetisch fokussierte Sprache der Personen des Stückes und die Bedeutung der Kunst und Kultur und Solidari-

tät innerhalb des Werkes an sich, hoffte er rück-
projizierend auf die Rezipienten und Rezipientinnen zu lenken und das eigene Bewusstsein auf die
direkte kulturelle Sekunde zu ziehen. Ergriffen im
Theatersaal wie die Dorfbewohner und gewahr,
dass sie Teil einer Kultur und Humanität sind, just
in diesem Moment, das war ein hehres Ziel und
sei es auch gleich zum Scheitern verurteilt, Marcus schrieb mit unbändiger Angst und Wut vor der
Welt, in seiner neuen geschützten Welt.

Monologe über Naturschönheit kamen ihm
langwierig und verwirrend vor, doch er schrieb sie
knapp verdichtet seinen Protagonistinnen und Ak-
teuren ins Maul, da er die Eindrücke aus der
Schweizer Berglandschaft um ihn herum unbedingt verarbeiten musste. Er hatte solche Natur
nie zuvor gesehen. Emotionalitäten, allen voran
die Liebe und viele weitere menschlichen Themen
ließ er immer wieder akzentuiert zusätzlich einfließen, da er erhoffte, durch eine Verteilung des the-
matischen Fokus' zu Empathie hin sein Drama einer propagandistischen Funktion, welche ihm immer als missbrauchbar erschien, zu entziehen.

Fürderhin schrieb Marcus noch philosophisch-
poetische Aphorismen und lustige, halb wahre,
halb wahnwitzige Anekdoten. Er hatte eine fette

Freude dabei, sein literarisches Arbeiten auf die Basis einer völlig neuen Zeitrelation zu stellen. Da Marcus in seinem Schreiben oft thematisch weit ausholte, um dann elliptisch wieder eine Pointe zusammenzuziehen, nutzte er das scheinbar unbegrenzte Zeitpensum dieser Bergwelt, indem er statt seine Arbeitsweise zu ändern, also die elliptischen Pointen klar zu strecken, einfach seine bisherige Art des Schreibens noch mehr intensivierte. Er trieb seine Abschweifungen so weit, bis sie einen nahezu metaphysischen oder auch gänzlich beliebigen Charakter in ihrer Abstraktion trugen, welchen Marcus dann konzentriert doch ungebrochen elliptisch-poetisch wieder zusammenfasste.

Er schrieb in allen Goethe'schen Naturformen und darüber hinaus und Freya nahm mit ihm einen ganzen neuen, immer wieder erklingenden Kosmos von Musik auf die Festplatte des Netbooks auf.

Aus dem Frühjahr schälte sich bald ein feucht duftender Sommer heraus. Mit jeder Woche, die vorwärts durch die Berge schritt, fühlte Marcus in sich ein Gefühl neben seiner Freude anwachsen und diese schließlich subtil aber hässlich verdrängen, welches er sich nicht erklären konnte, ja nicht einmal zu beschreiben oder einer Regung zu zuordnen vermochte er es. Am ehesten, könnte man wohl sagen, glich es einer aufziehenden, weiten und tiefen Leere, die sich so langsam in sein Unterbewusstsein fraß.

Marcus fühlte eine intellektuelle Relation zu dieser Leere und ohne auch nur einen einzigen Irrweg einzuschlagen, hatte ihm sein Gehirn irgendwann vorweg, jeglicher Suche abschließend, den personellen Ausgleich für diese Leere genannt. Es war natürlich sein Freund Stephan.

Noch mehr als Marcus' Eltern oder seine Geschwister oder andere Freunde und Kommilitonen und Kommilitoninnen vermisste er seinen einen Freund, welchen er am ehesten noch geneigt war, seinen Seelenbruder zu nennen.

In der Absolutheit des Refugiums, die Marcus heilig war, fing er im Geiste geplagt an, fiktive Briefe an seinen Freund Stephan zu verfassen. Es passierte ihm eines drückend heißen Tages im Scherze für sich Selbst und aus Ödheit. Da schrieb er zwischen seine Literaturnotizen den ersten Brief, den er gar nicht plante abzuschicken. Er schrieb alltägliches Zeug: was Stephan mache, wie es ihm gehe und ein wenig über sich und seine Literatur und die gemeinsame Musik mit Freya, über ihre Person selbst, sowie das Schweizer Land.

Er fühlte noch in der Unsinnigkeit dieser Handlung eine starke Befriedigung, welche mit dem Ausgleich des mächtigen Verlangens kam, seine Gedanken jemandem zusätzlich mitzuteilen.

Natürlich redete er mit Freya täglich über emotionale, intellektuelle, künstlerische, philosophische sowie alltägliche Dinge, und gewiss war sie eine ehrliche, kostbare und fundierte Gesprächspartnerin, doch es schmerzte Marcus plötzlich schrecklich, seinem bisherigen Künstlerbruder nicht seine Eindrücke mitteilen zu können, keine Kritik mehr zu bekommen, keine Streitereien mehr diskutieren zu müssen. Alles Schaffen war ein Anhäufen für Marcus selbst und fand keinen außenstehenden Zugang.

Zwar redete Marcus neben Freya auch einige Male mit der Kassiererin im Supermarkt und vielleicht auch ein, zwei Male mit einem Dorfbewohner, doch es waren nur einzelne Worte oder simple Sätze, zumal er wenig des starken Dialekts verstand, geschweige denn in diesem kommunizieren konnte. Alle Dorfbewohner wussten ihn als der Ferienhütte zugehörig, in der ab und an diese komischen reichen Deutschen lebten.

Um eine Meinung einzuholen reichte er ein paar mal Geschriebenes an Freya weiter in der Hoffnung sie möge ihm konstruktiv antworten, doch waren beide in der Musik ein feines, virtuoses Duo, so kapitulierte Freya schnell vor dem verschrobenen, bis ins Mark wüst übertriebenen Egoistischen und Abstrakten in Marcus' schriftlichen Gedanken. Freundlich, niemals empört, doch bestimmt bat Freya nicht zu einer Literaturkritikerin werden zu müssen. Sie liebte die Literatur, aber sie las sie, wie sie Musik hörte und spielte: mit purer Emotion und Ehrlichkeit ohne Nachdenken.

Erstmals fühlte Marcus eine nicht unästhetische sondern pur menschliche Dissonanz in ihrer Gemeinsamkeit. Und da dachte er an Stephan, seinen Freund, der auch Künstler war.

„Was würde Stephan hier für Bilder malen? Was für Gedichte schreiben? Welche Musik würde er mit mir aufnehmen?" diese Fragen huschten auf einmal durch seinen Kopf.

Bald wurden diese Fragen mehr oder minder alltäglich in den Briefen, welche Marcus immer häufiger schrieb. Die gewissensberuhigende, tagebuchhafte Funktion, der noch immer nicht zum Abschicken verfassten Briefe, schrieb er für sich selbst und labte sich daran und manchmal kam er dabei nicht herum, beschämt an die sehr junge, unschuldige, niederländische Dame zu denken, welche auch nur für sich selbst geschrieben hatte, bevor sie ermordet worden war! Doch Marcus war bloß ein überfressener Narr kurz vor dem Verhungern und das hatte nichts mit diesem größten Verbrechen zu tun.

Ohne zu wissen warum, schrieb Marcus die Briefe im Geheimen, meistens wenn Freya einkaufen war, duschte oder schon schlief. Es wäre ihm wie ein Verrat vorgekommen, hätte Freya einen zu Gesicht bekommen. Ein Verrat an dem Menschen, den er in einem Wimpernschlag seines Lebens mehr lieben gelernt hatte als alle Familienmitglieder, Freundinnen und Freunde und sonstige Menschen zusammen. Eine Liebe, die ihn in so vollendeter Form geistig und körperlich gravierend verändert hatte.

Freya war seine Hetäre im wahrsten Wortsinn, ohne dreckig misogynen Beiklang oder euphemistische Legenden. Wenngleich der Aspekt der Bezahlung nicht stimmte, so gefiel Marcus das Zauberwort für seine Partnerin und ihr gefiel es auch, wenn er es in der Nacht in ihr Ohr hauchte, bevor er das erste Mal zustieß. Freya war seine gleichartige Genossin und Gefährtin, daran gab es nicht einen Hauch des Zweifels.

Kapitel VI

Es war sehr heiß und Marcus saß in kurzen Hosen auf der Wiese vor der Hütte und der Schweiß lief ihm über den Rücken und in die Augen. Er saß tief konzentriert gebeugt über einen poetischen Fiktionsbrief an Stephan. Freya war gerade zum Einkaufen gefahren.

Ein weiterer salziger Tropfen von seiner Stirn bahnte sich seinen Weg durch seine Haare und fiel brennend in sein linkes Auge.

„Fuck!" fluchte er leise, schreckte gestört hoch und rieb sich dasselbige.

Der Schmerz ließ gleich etwas nach. Marcus versuchte sich wieder zu konzentrieren. Er hatte doch gerade einen intensiven, verschlüsselten Satz geschrieben, in dem er über seine neusten musikalischen Ideen berichten wollte und dabei eine Parallele zu der Abgeschiedenheit des Schweizerischen Heims ziehen wollte. Der Gedanke war ihm entglitten – Wie war das doch gleich?

„Ach, verdammte Scheiße!" fluchte Marcus diesmal lauter. Unmöglich sich zu erinnern, wie er den Satz zu Ende schmieden wollte, der einer Lanze und einem Geländer zugleich ähneln sollte. Vom Papier blickten ihm nur sinnlose Wortgruppen stumm an.

Entnervt warf er den Füller auf die in der Sonne leuchtenden Bögen Papier, sodass etwas Tinte das Geschriebene befleckte und Marcus erhob sich. Es brannte ihm plötzlich schrecklich der Durst in der Kehle.

„Kein Wunder, bei dem Wetter!" Er ergriff das Schreibzeug und die Blätter und ging ins Haus.

Der Block und der Füller landeten knallend auf dem Küchentisch und Marcus zog grob die Kühlschranktür auf. Neben den immerwährend sympathischen Flaschen Bier lag eine schlanke, hohe Flasche Rotwein auf dem Glasboden.

Marcus blinzelte kurz. Ein Bier wäre wohl nett gewesen, aber ein kräftig zerrender Rotwein ist eine andere Sache.

Er hatte die vergangenen Wochen nie mehr als zwei Bier an einem Tag getrunken und insgesamt in der ganzen Zeit vielleicht vier oder fünf Gläser Wein, niemals Schnaps.

Seine Hand berührte die Weinflasche: angenehm kühl. Ohne zu verstehen warum, überkam ihn eine starke Lust auf Rotwein, dazu brannte sein Durst aufgeschaukelt in ihm.

Marcus nahm die Flasche heraus und öffnete sie ohne viel Federlesens. Der Korkenzieher flog wie Block und Füller zurück in die Schublade und Marcus griff ein bauchiges Weinglas aus dem Schrank.

Übermütig schwappte die rot-brillante Flüssigkeit ins Glas, das Marcus mit blankem Blick vollgoss. Fast die halbe Flasche fasste es und Marcus stellte das Glas auf seinen Schreibblock, wo der herabrinnende Tropfen sogleich beharrlich einen roten Ringabschnitt auf das Papier malte.

Er schloss die Augen und sog gierig das Bouquet ein: fruchtig und herb mit minimalster saurer Note zugleich, benebelnd und präzise auf dieselbe Weise.

Durstig und in tiefen, keuchenden Zügen trank er das Glas zu drei Vierteln leer ohne abzusetzen. Mit tränenden Augen stellte Marcus schnaufend ab und griff erneut sein Füller. Der fruchtige Geschmack kitzelte noch seinen Gaumen, bis jener sich nach einigen Sekunden in milder Säure auf angenehme Art zusammenzog. Unmittelbar rauschte der Alkohol Marcus in den Kopf und seine ohnehin aufgeheizten Wangen färbten sich tiefrot. Er trank das Glas ganz aus, füllte es nach und nahm am Tisch platz. Er versuchte sich wieder auf sein Schriftstück zu konzentrieren. Beim Schreiben trank er gierig und durstig, goss immer wieder sein Glas voll, ohne hinzusehen, bis nach nur vielleicht zwanzig Minuten die Flasche und sein Glas leer getrunken waren. Er erhob sich verwirrt um sich der Leere zu versichern, schwankte aber sofort stark und wurde so erst aus seinen tiefen Gedanken gerissen.

Instinktiv langte er nach der Stuhllehne und fokussierte seine Gedanken, um das breiige und matschige Gefühl aus seinem Kopf zu verbannen. Es gelang kurzzeitig etwas und Marcus setzte sich wieder und erst nun wurde ihm gewahr, was er die letzten Minuten überhaupt geschrieben hatte:

„So wie du weißt, Stephan, hat sich die Musik in unserer Zeit immer wieder verwandt auf alte Ideen. Die elektronische Komponente tut ihres dazu. Wie will man so zum Beispiel Lieder der ganzen bekannten Alternative-Rock-Bands sehen, wenn man ihnen ihre technoide Facette nicht zuerkennt. Dann wird man sie nicht sehen, sondern sie verschleiern. Ich rede von der Synthese. Von der Synthese der elektronischen Musik mit den konventionellen Musikinstrumenten. Die Repetition ist also ein Mittel, das den orchestralen Ein-

gang nicht einmal verfehlt hat und somit von unheimlichem Interesse sein kann und muss. Zweifelsfrei steht diese elektronische, tiefe Musik der Klassik, dem Jazz den progressiven Rock- und Metalspielarten in nichts nach, ja vielleicht sogar in der technischen Dimension als Innovation vor ihnen. Zumindest ist der aktuelle Zeitbezug am deutlichsten und reinsten in ihren Mitteln zu sehen. Allerdings ist eine Mittelanalyse für ein Kunstwerk wohl eher verblendend als hilfreich. Persönlich glaube ich, dass die Mittel nicht irrelevant sind, zumal wir beide ja selber nicht alles aus Kunstkonventionen alleine heraus gutheißen können. Die Musik die ich gerade mit Freya hier aufnehme spiegelt in etwa diesen Gedanken wieder, denn ich sehe im verschrobenen, verschobenen Knacken, im weißen Rauschen und in den im- und explodierenden Elektrosounds manchmal so oft, mein Freund, – so oft Hoffnung und Apokalypse direkt nebeneinander! Verstehe mich recht – ich meine die Apokalypse, die KEINE Erlösung verheißt, für NIEMANDEN – oder zumindest nicht für mich (da ich die Beats ja höre). Vielleicht ist's aber auch mehr Tod und / oder Wahnsinn. Oder Depression oder Trauer. Oder einfach Hoffnungslosigkeit, die ich sehe. Und für einen Sekundenbruchteil auf den anderen wechselt das Abbild und – wie gesagt – manchmal erglimmt es zugleich! Die gleichbleibende, stampfende Repetition lässt das Bild in jedem Bassschlag wieder flackern und sich verändern und dennoch trotzdem – ganz logisch, eigentlich – immer wieder auf das Gleiche zurückkommen. Stephan – ich – da ist ein Berg hier in der Nähe – in den Beats, quasi – so, so ist die Einsamkeit geboren und kommt immer wieder, obwohl sie nicht alleine ist... Was soll das? Und dann schütte ich, stell dir vor, noch Gesang, Gitarre und Klarinette über all den Wahnsinn, ja Mann – Wahnsinn – aus. Ja, Wahnsinn mag es wohl am besten treffen... obwohl gerade DIES ein so schreckliches Scheißwort ist. Verdammt! So darf es doch nicht tituliert sein!!! Mann, weißt du – denk ma' – was hier für dich wäre – wie's dir gehen würde – ich – nun... ja – alles so... so... du könntest hier gebraucht werden, gebraucht sein, neu sein, neu werden! Wirst vielleicht frei sein... dafür – so wie ich hier leben muss – nein – KANN... und furchtbarer Durst quält meine Ideen und noch habe ich nix gefunden, was den Durst löscht... oder so... ja... löscht..."

Marcus zitterte am ganzen Körper und in einem plötzlichen, krampfartigen Anfall fiel er vom Stuhl auf die harten Fliesen. Sein Schreibblock hatte er im Rutschen an sich gezogen, das Glas viel dabei um, blieb auf dem Tisch liegen, doch die leere Flasche rollte herab und zersplitterte. Marcus' Lippe war blutig geschlagen und konvulsivisch zuckend lag er auf dem Boden und weinte heftig ohne Gewalt über sich zu haben.

Als Freya vom Einkaufen kam, lag Marcus im Bett und tat so als ob er schlafen würde. Seine zerknitterten und weinbefleckten Seiten mit Geschriebenem hatte er zu seinen anderen Literatursachen geschoben und die Papiere weggelegt, ansonsten hatte er nichts weiter getan. Keine Scherbe war weggekehrt, seine Zähne waren ungeputzt, Tränen, Schweiß und Blut waren nicht von seinem Körper gewaschen. Nachdem er den Brief weggelegt hatte, hatte er sich sofort entkleidet und sich ins Bett gelegt. Es war gerade erst kurz nach halb sechs nachmittags.

Freya öffnete verwundert und auch etwas besorgt die Schlafzimmertür, als sie Marcus nirgendwo anders in der Hütte, noch davor gefunden hatte.

Er spürte ihren Atem, der zitterte weil sie den Tränen nahe schien, vor Verwirrung und Sorge. Er glaubte ihre Frage zu hören, unausgesprochen von einem verstummten Frauenmund, lediglich gedacht, und dennoch eindeutig:

„Marcus! Was ist denn los?"

Ihre Fingerkuppen berührten kaum merklich das geronnene Blut an Marcus' Lippen, dann verschwand sie plötzlich schnellen Schrittes aus dem Raum und zog leise die Tür zu.

Marcus spürte schon wieder wie ihm die Tränen über die Wangen rannen, doch er öffnete keine Auge und schlief schließlich ein.

Nur kurz erwachte er, als Freya später ins Bett kam. Es war draußen dunkel doch hell genug, dass man im Mondschein Freyas verweintes Gesicht erkennen konnte. Sie torkelte stark und roch nach Alkohol und Erbrochenem.

Marcus und Freya redeten nie über diesen Nachmittag und Abend miteinander, was vielleicht ein Fehler war angesichts dessen was passieren würde, vielleicht aber auch nicht.

Der Kater des Weinrausches war für Marcus nach einigen Stunden des nächsten Tages verflogen, Freya aber war bis in den Abend hinein elend. Sie versuchte sich nichts anmerken zu lassen und gab sich gut gelaunt und zärtlich gegenüber Marcus, doch ihre Augen waren heute matt, fast stumpf. Ihre Bewegungen träge und ihr Blick unter den blonden Strähnen grau und traurig zu der bleichen Gesichtsfarbe. Sie schwankte immer wenn sie von irgendwo aufstand und erst am Abend mochte sie von Marcus' Kartoffelauflauf etwas essen. Es vergingen zwei Tage, in denen es immer wärmer wurde und die Trägheit Freyas projezierte sich auch auf Marcus. Beide verbrachten die meiste Zeit in der Hütte. Sie sahen Filme und lasen auf der Couch oder Wiese.

Plötzlich waren sie kreativ verausgabt und keiner wollte vorerst Musik aufnehmen. Marcus schrieb lediglich ein müdes, schlechtes Gedicht und fühlte sich erbärmlich dabei.

Am dritten Tag nach dem bisher traurigsten Abend in der Hütte, war es endlich einmal abgekühlt im regnerischen Wetter. Wieder einmal stand Marcus am Fenster nach dem Aufstehen und blickte hinaus. Das graue Wolkendach hob sich weit über die Bergkuppen, die an Rumpf und Hals von feuchten, weißen Nebeldunst umschmiegt waren. Wie er dies mit noch halb schlaftrunkenem Blick alles sah, flutete urplötzlich Euphorie und Eifer in seinen Sinn. Der schale Müßiggang der letzten Tage, der keine Entspannung sondern eher peinliche Traurigkeit gewesen war, spülte binnen Sekundenbruchteilen davon. Sofort war das Gefühl überwältigend und der Entschluss deutlich in ihm:

Er musste sich umsehen, musste das Asylum kurz verlassen um seine neue Welt besser greifen zu können, in ihr eine Zukunft entwickeln zu können. Und dies alles musste er alleine bewältigen, um dann dankbar in die Arme seiner Genossin zurückkehren zu können.

Ja, es war offensichtlich, unausweichlich und er war sofort gierig auf die Umsetzung: noch heute musste er alleine in die Schweizer Gegend wandern.

Er drehte sich grinsend vor Freude über seine Erkenntnis um und sah Freya ihn anblickend wach im Bett liegen. Neugierig doch verträumt mit ebenfalls glücklichem und sehnsüchtigem Lächeln auf den Lippen lag sie unter den Decken und schaute auf ihn.

Er deutete den Grund ihres Lächelns erst falsch, da er dachte auch sie freute sich über seinen plötzlichen Elan, doch dann bemerkte er, wie sie seinen nackten Körper musterte und er stellte fest, dass er noch eine starke morgendliche Erektion hatte.

„Ich möchte heute in den Bergen wandern gehen!" sagte Marcus später leise beim Frühstückskaffee über den Rand seiner Tasse hinweg.

„Heute? Ich fühle mich etwas träge."

„Ich möchte auch alleine gehen."

Freyas Miene zeigte keine Regung. Sie hatte in der Bewegung (ihren Kaffeepott an die Lippen zu führen) innegehalten und schwieg einige Sekunden.

„Ich würde am Liebsten nach dem Frühstück losgehen." ergänzte er bestimmt.

„Nun... wenn du gerne möchtest... Klar, warum auch nicht!" stammelte Freya, machte aber kein trauriges Gesicht.

„Ich würde gerne mal zwei oder drei Tage die Einsamkeit suchen. Die komplette. Und dabei auch etwas vom neuen Lebensort entdecken. Ich kenn' die Schweiz überhaupt nicht, im Gegensatz zu dir, Freya. Auch wegen Inspiration und so, weißt du?" versuchte es Marcus rechtfertigend.

Freyas Augen sandten das erste Mal seit Tagen ihren bekannten Glanz aus.

„Ich kann, will und werde deiner künstlerischen Arbeit nicht im Wege stehen. Für mich bist du ja eine Art verdammter Genius, aber es soll laut Radio die nächsten Tage so regnerisch bleiben." versuchte sie es lächelnd.

Marcus grinste etwas verlegen, kam sich unsäglich dämlich dabei vor und antwortete: „Das mit dem Wetter is' mir egal. War mir ohnehin zu heiß die letzten Tage!"

Freya nickte, nun wieder mit nachdenklichem Gesicht und stand dann auf.

Nach der Dusche und einer Stulle fing Marcus an einige Sachen zusammen zu packen. Freya half ihm, da sie auch genau wusste, was es in dem kleinen Haushalt gab und was nicht. Nachdem Werkzeug wie Taschenmesser und Feuerzeug, Kleidung, etwas zu essen und Kosmetika in den groben Einkaufsrucksack gepackt waren, sowie die Notizbücher und das Schreibzeug, gab Freya ihrem Freund noch ein Paar alte aber gute Wanderstiefel ihres Vaters. Diese passten und waren für die Berge hervorragend geeignet. Ein Problem stellte jedoch ein Schlafsack dar. Zwar hatte die Hütte auch diesen in ihrem Bestand, doch er war verschlissen und billig, da er nur für Gäste im

Häuschen gedacht war (die es nie gegeben hatte) und nicht für einen Aufenthalt in der Natur.

„Ich habe eine Idee!" sagte Freya dennoch verschmitzt und schickte Marcus in den winzigen Schuppen, wo er eine staubige Armeeplane fand. Trotz ihres schmuddeligen Aussehens und Alters war sie unheimlich praktisch: wasserdicht, groß genug den Schlafsack darin einzuschlagen und für ein improvisiertes Zelt und dennoch platzsparend verschnürbar. Marcus schlüpfte in seinen Parka, der die letzten Wochen ungenutzt an der Garderobe gehangen hatte, setze sich den Rucksack mit befestigter Plane und Schlafsack auf und zog die Schnürsenkel der Stiefel zu.

„Langweile dich nicht, Freya!"

„Gib auf dich Acht!"

Sie küsste ihn auf die Lippen. Ein warmer, langer aber doch trauriger und leiser Kuss.

Marcus löste sich schließlich aus der Berührung, blickte sie nochmals genau an.

Freya sah müde und fahl aus. Ihre Haare hingen glatt über ihren Kopf und etwas über ihre Schultern – heute waren sie ganz stumpf. Die Augen leuchteten, doch flackerten sie dabei. Der große Pullover verzog etwas die Form ihres Oberkörpers und es verschwamm ein wenig ihre Statur. Hingegen trug sie eine enge Hose, die ihre Gestalt an Gesäß und Beinen stark umriss, wie sie mit eng zusammengekniffenen Beinen dastand.

„Mach es dir gemütlich und sei nicht traurig! Ich liebe dich!" schloss Marcus vorerst ehrlich. Der Versuch sie so zu trösten war vergeblich, denn Freyas Gesicht wurde nur noch verletzlicher.

„Ich dich ebenso… unendlich!" Ihre Stimme zitterte.

Marcus kam sich schuldig und unbeholfen vor. Er gab ihr einen letzten flüchtigen Kuss auf die Wange, öffnete dann die Tür und schritt zügig hinaus.

Die Wolken in ihrem grauen Kleid, ganz durchweicht, schienen tief über der Wiese zu hängen, die Berggipfel sah man alle viel höher steigen, wenn sie nicht im Nebel verborgen lagen. Zusätzlich dünn verschleiernd stieg der Dunst des Morgentaus andächtig aus dem hohen Gras. Die ganze Natur schien so froh wie Marcus, dass es endlich einmal kühl und feucht war. Dieser stapfte federnd den Berg herab.

Auf halber Strecke zwischen dem Häuschen und der Asphaltstraße drehte er sich nochmal um. Freya stand in der Tür und winkte ihm zu. Marcus lächelte, winkte zurück und ging des letzte Stück herab und in den Wald hinein. Das Angebot den Mp3-Player mitzunehmen hatte er dankend abgelehnt. Um wirklich inspirativ seine Unternehmung auskosten zu können, wollte er ganz normal die Musik der Natur auf seiner Wanderung hören, von ihr konnte er im Moment nur lernen und das wollte er tun.

Von den grünen Blättern, die nur dumpf vom Licht des Morgens durchglüht waren, tropfte und plätscherte es noch etwas ruhig herab, aber momentan regnete es nicht mehr. Verträumt sangen die Vögel, doch in voller Menge. Die Landstraße am Fuße des Berges jedoch schwieg herrlich und störte nicht die natürliche Klangkulisse, da es auch erst gegen zehn Uhr in der Frühe war und ohnehin der Straßenverkehr in Dorf und Umgebung nicht sehr stark war.

Kontinuierlich die Straße entlang stapfend kam Marcus schließlich zur Einmündung der Bergstraße auf die Hauptstraße. Er überquerte diese und ging auf einem durchnässten Forstweg in einen Tannenwald hinein.

In gerader Richtung war dieser Weg nicht sehr lang. Nach nur einigen hundert Metern, konnte man auf eine Weide und zur Rechten auf die letzten kleinen Häuser des Dorfes sehen. Da kein Vieh auf der Weide schien und der Zaun vor ihm nicht elektrisch war, kletterte Marcus kurzerhand über die schwankenden Drähte und schritt auf dem Klee und Gras einfach fort geradeaus.

Vor ihm lag hügelig die Wiese und in vielleicht ein oder zwei Kilometern Entfernung konnte er eine schmale Linie Bäume sehen, die in Ost-West-Richtung verlief. Vermutlich die Bepflanzung einer Allee, die bald seinen Weg kreuzen würde. Also wandte Marcus sich etwas nach Westen, da die Baumgruppe dort aufhörte und weite majestäti-sche Berge in dunstiger Umnebelung sich erho-ben. Die Gipfel der Berge blinkten mit blanken Au-genhöhlen, trotz der schlechten Sicht erkennbar. Die Augensterne ausgekratzt oder verfault in den unzählbaren Jahren in der sie der Witterung unge-schützt ausgesetzt waren. Und dennoch – all die Furchen und Narben, die Wind und Wetter müh-sam und konzentriert in all der Zeit in die Gesich-ter der Berge geschabt hatten, sie waren die stol-zeste Skarifikation. Die Allmacht der Gipfel blen-dete mit den Ziernarben des Steins. In einem sei-ner Gedichte hatte Marcus vom „Frostbrand", der den „ungereinigten Körperschmuck" erschaffen hatte, geschrieben. Das Poem kam ihm in diesen

Moment aber gar nicht weiter in den Sinn, stattdessen fühlte er das erste Mal deutlich die Anzie-
hung, die Peter Camenzind einst so gelockt hatte.
Doch ein Bergsteiger war Marcus mitnichten. Also
wollte er sich so gut es ging an die Täler halten
bei seiner Wanderung. Zwar mochte er die grauen
Giganten, dennoch hatte er allzu viel Respekt vor
ihnen und sein niederdeutsch fischköppisches Wesen empfand sich auch unmöglich in die Rolle eines Gipfelstürmers fügbar.

Marcus schritt auf den Schwellen der Berge
entlang, fleißig und unermütlich. Es klarte auf und
bald sah er einige Bauernhöfe, die in einzelnen
Sonnenstrahlen erleuchtet standen. Die Stunden
vergingen zügig und hinter den drei einsameren
Bauernhöfen stieg Marcus eine tiefgeschnitte Tal-
mulde zwischen zwei hohen Gipfeln herauf und
kam das erste Mal stark ins Schwitzen. Das Tal
aus dem er kam lag viel niedriger und das schwere Gepäck drückte ihn herab. Dennoch war er fro-
hen Mutes und zog dankbar und glücklich die
Bergluft in die Lungen ohne seine Schritte zu ver-
langsamen.

Schließlich hatte er den Scheitelpunkt des
Bergkammes erreicht und blickte in ein verschlun-
genes, enges Tal vor und unter sich. Malerisch zog

sich ein Bach durch jenes hindurch, gespeist von einer Quelle zu seiner rechten und die Bergflanken standen erst in sattem grün, bevor sie langsam kontrastiert vergrauend sich versteilten. Marcus fühlte sich teils erhaben und gleichzeitig fast beschämt berührt, als er die Senke hinab in das Tal trottete, so sehr erinnerte ihn der Anblick an die Beschreibungen in den Büchern Eichendorffs. Doch alles was er sah war real und begrüßte ihn offenherzig.

Er kam etwas tiefer wieder unter ein Blätterdach und patschte einige Minuten später durch das Wasser einer Furt im klaren Bach, der leise flüsterte. An einer Biegung des Rinnsals lag eine kleine Lichtung im Hain. Hier entschloss sich Marcus erst einmal etwas zu rasten. Es war mittlerweile deutlich nach Mittag und er hatte großen Hunger.

Die alte Plane von seinem Rucksack zerrend und auf das Gras werfend lies sich Marcus so dann in der Nähe einer knorrigen Buche nieder, auf einen sonnenbeschienen Fleck.

Er biss gierig große Stücken aus seinem Brot und lauschte den Vögeln, die von fern hallend riefen und sangen. Nach dem Essen legte er sich mit geschlossenen Augen etwas auf der Plane hin und war für einige Minuten ganz zufrieden mit der Welt und sich selbst.

Nachdem Marcus vielleicht eine sekundische halbe Stunde so auf der Wiese gesessen und gelegen hatte, erhob er sich wieder, packte seine Sachen und setzte gedankenlos seinen unbestimmten Weg fort.

Wie er so seine Schritte mal fast tänzelnd mal erschöpfter auf den Pfad warf, kamen ihm wieder nachdenklichere Gefühle in den Sinn:

Er hatte gewaltige Mengen an kreativer Energie in die gemeinsame Musik mit Freya und in seine neue Literatur in den letzten Wochen seines Asyls investiert, so wie er es sich erträumt hatte. Dennoch fühlte er sich in keinster Weise ausgefüllt und angereichert sondern ausgehöhlt, unbefriedigt und unfertig verworfen. Doch dies ängstigte Marcus nicht wirklich. Es entsetzte ihn viel mehr, dass er immer mehr zu erkennen glaubte was ihn wirklich so unerfüllt sein ließ. Es war die Erkenntnis, dass alles was Freya und er geschaffen hatten nur für sie und ihn erkennbar und rezipierbar blieben. Alles blieb eitler, egoistischer Federschmuck für sie selbst. Therapeutisch, aber solidarisch nutzlos und generell arrogant. Egoistisch.

Doch dies zu ändern, hieße die Zweisamkeit zu verlassen. Die Zweisamkeit, die sie sich selbst auf unbestimmte Zeit zur seelischen und menschlichen Genesung verschrieben hatten. Zwar war es möglich zu versuchen ob in der Anonymität des Internets eine Rezeption für die Kunstwerke zu schaffen wäre, doch Marcus hatte dies vor Jahren als träumender Student in den beißenden Wintermonaten der Hansestadt bereits alleine ausprobiert und wusste, dass auch dort die Rezeption in den meisten Fällen in absoluter Undurchsichtigkeit niemals großartige Dimensionen erreichte, sondern auch hier Vernetzung und entprivatisierende Selbstdarstellung erst Einbringung ins allgemeine digitale Gedächtnis brachten.

Verbittert spuckte Marcus in eine Pfütze. Ja, vielleicht war es kindisch, dennoch war es offensichtlich – er fühlte nun all sein Streben lediglich als romantischen Tagtraum dahingeworfen und alsbald würde dieser Tagtraum restlos vergessen in der Ewigkeit der Zeit und Stumpfheit der Welt versickert sein. Alle Bemühungen Qualm im Wind.

Mochten die bisher geschaffenen Kunstwerke ihres Begriffes gerecht werden, mochten sie Qualitäten besitzen an Artisanalität und erst recht kreativer Artistizität, so fehlten ihnen doch das

Schlussendliche was ein solches Opus auch benötigt: die Aufnahme als Kulturgut von außenstehenden Menschen, Gesellschaften, Welten.

Marcus hatte früher oft gezweifelt, dass Kunst überhaupt die Rezeption braucht, doch inmitten all der kühlen, seit einer halben Stunde wieder regennass umkotzten, Tannen fiel ihm der eisige Schatten der Gewissheit auf das Bewusstsein. Deutlich wie nie zuvor und niemals wieder: Ohne öffentliche Loslösung für eine demokratische Kenntnisnahme und Beschäftigung, würde all die Literatur und Musik nie anderes sein, als zickiger egomanischer Dilettantismus.

Das Bewusstsein und die Kunst sind nur zwei Ausformungen ein und derselben Sache. Eine gedankliche Form, eine manifestierte. Die Künstlerin oder der Künstler mittendrin das ewig überhöhte halbgöttliche Wesen oder der ewig niedergeprügelte, ignorierte Hund. Manchmal ist so eine tumbe Dichotomie doch das beste Amphetamin.

Marcus lachte erschüttert in sich hinein, während seine Stiefel vorwärts durch die Pfützen stapften. Das Leben und Arbeiten im Elfenbeinturm, der aus Müll war, das gab es. Marcus hatte selber lange genug in ihm gearbeitet und sich für einen Musiker und Autor gehalten. Doch der letzte

Schritt zum Künstlerwesen ist erst dann gegangen, wenn die Reaktion sich zu dem Menschen inmitten all der Bewusstseinsformung findet. Und sei es auch eine ablehnende Erwiderung, sie hebt das neue Leben aus der Taufe. Ob erfolgreich oder vergessen, ob gewaltig ob verklärt – dies mochte auf einem anderen Blatte stehen. Von anderen Menschen dort vermerkt.

Marcus hob seinen Blick: er hatte das schmale enge Tal fast zur Gänze durchquert, die letzten Tannenkronen sah er emporgestreckt vor einem erneut völlig ergraut zugezogenen Himmel. Und wie er das sich verschlechternde Wetter unterbewusst anstarrte, da wusste er, er musste die geschaffene Kunst der letzten Wochen aus dem Exil lösen und in eine Lese- und Hörbarkeit bringen. Ganz gleich was mit ihm als Individuum geschähe, obwohl er es doch ganz *für* sich als Individuum tun müsse.

Der letzte Brief an Stephan hatte eine Barriere in sich gebrochen. Obwohl er unvollendet und unabgeschickt zwischen seinen anderen Papieren lag, hatte er doch schon die Absolutheit des dualen Menschentums der Berghütte durchbrochen.

Noch immer etwas fassungslos über diesen psychologischen Tiefenrausch, den Marcus nach nur so wenigen Stunden alleine in der Natur erfahren hatte, versuchte er sich wieder etwas mehr auf die Umgebung zu konzentrieren.

Der kleine Bach rechts neben seinem Weg pflügte sich schmal aber wütend durch die Landschaft, wo er doch vor viereinhalb Kilometern noch sanft und müde gewesen war. Unmittelbar vor sich sah Marcus das Wasser scharf durch das Gestein schnellen und hinab in ein tieferes Tal springen.

Er stapfte die Ausläufer der Talkesselbegrenzung hinauf. Unter seinen Sohlen quietsche das feuchte, aber dennoch totgelb verdorrte Gras. Marcus balancierte mit dem Gepäck auf dem schmalen Weg hinab und konnte sich schließlich an dem idyllischen und gleichsam wilden Anblick des kleinen Wasserfalls erfreuen.

Der Nachmittag wälzte sich zügig über das Land und schließlich begann der Abend feucht und windig sich am Himmel aufzubauen. Im Schutze einer großen Tanne versuchte Marcus ein Feuer zu entfachen. Er war durch drei weitere kleine Täler gewandert, doch Häuser hatte er nur von Anhöhen aus in einiger Entfernung erblickt. Daher (und aus purer Abenteuerlust) hatte er beschlossen ein wenig fernab des Weges unter freiem Himmel zu übernachten, trotz des schlechten Wetters.

Nach über einer Stunde brannte und vor allem qualmte endlich ein Feuerchen, das der Kälte und Feuchtigkeit genügend trotzte. Die Tannenzweige boten zumindest einen minimalsten Schutz und Marcus versuchte es sich etwas bequem zu machen.

Er legte sich in seine Plane und Schlafsack dicht an die Flammen, aß und trank von seinem Proviant und starrte in die Glut und den Himmel. Er befürchtete noch mitten in der Nacht oder schon sehr früh am Morgen aufzuwachen, als er einschlief. Das Feuer war niedergebrannt, doch die Restglut wärmte immer noch, als er erst gegen acht Uhr fünfundvierzig aufwachte. Die Sonne stand klar und fast ohne Wolkenbegleitung wieder wärmend am Himmel. Sonderlich behaglich hatte Marcus nicht geschlafen, da ihn die Wurzeln der Tanne gepiesackt hatten, doch er war erholt genug und fühlte sich in der Lage heute weit fort zu wandern. Er kroch aus seinem Schlafsack, heizte das Feuer erneut etwas an, nahm Handtuch und Seife und ging zu dem Bach, der ihn noch immer begleitete und sich in der Nähe seines Lagers, vom Fallen beruhigt, weiter durch die Landschaft zog.

Nackt stieg Marcus in den flachen Strom und wusch sich in dem kalten Wasser unter heftigem Schlottern. Nur eine halbe Stunde später ließ Marcus einen letzten Blick über die Raststelle schweifen, warf sich den Rucksack auf und verließ die Tanne.

Er ging nun wieder über lange, offene Ebenen, die gesäumt aber nicht eingepfercht von großen Bergen mit stolzen Gipfeln waren. Bald rastete Marcus wieder in der Mittagssonne bei einem alten Meilenstein und sah in der Mittagsglut die Berggipfel bald flimmern, bald dunstig werden und dann bald wieder klar und scharf in der offenen Luft stehen. Nachdem ein weiterer Teil seiner Vorräte verzehrt war, wanderte er zügig weiter, bis er am frühen Abend müde und mit erschöpft schmerzenden Füßen in ein malerisches Bergdorf kam.

Wie schon in der kleinen Gemeinde nahe ihrer Berghütte waren auch hier viele Schilder mehrsprachig beschriftet. Doch dominierte im Dorf bei der Hütte das Deutsche. Hier aber schien hier vielleicht etwas mehr eine romanische Sprache zu prangen.

Schnell erblickte Marcus ein freundliches Schild, das in den vier Amtssprachen der Schweiz und in Englisch ein freies Zimmer und eine Mahlzeit versprach. Er klingelte und eine ältere Frau mit leicht angegrauten schwarzen Locken öffnete ihm.

„Guten Tag! Ähm..." begann Marcus verlegen, „ich hätte gern ein Zimmer! Das Schild sagt es gibt noch freie Unterkünfte?"

Die Frau lächelte freundlich und antwortete: „Aber gern! Nur sie allein?"

Ihr Dialekt war undefinierbar. Marcus hörte nur heraus, dass Deutsch wohl nicht ihre Muttersprache war.

„Ja... nur ich... Ähm, was würde ein Zimmer denn kosten?" fragte er noch immer etwas scheu.

„Wollen Sie das Zimmer nicht sehen zuerst?"

„Doch gern!" antwortete Marcus jetzt erleichtert.

Die Dame führte den müden Wanderer eine Treppe im großen und alten Haus herauf. Oben befand sich ein einfach möbliertes Zimmer mit einem alten Bett und Schrank. Beides von Hand mit Blumen, Ranken, Punkten und weiteren Ornamenten bemalt. Dazu noch ein kleines Tischchen mit zwei Stühlen. Es führte eine Tür in ein winziges Badezimmer mit einem kleinen Oberlicht, in dem eine Dusche, ein WC und ein schmales Waschbecken gerade so Platz fanden.

„Das Zimmer ist großartig! Ich nehme es!" sagte Marcus müde aber glücklich.

„Okay… für Sie, ja – ein junger Mann hat sicherlich nicht so viel Geld – Sie wandern ja auch – ich denke: vierundsiebzig Franken die Nacht mit Frühstück und Znacht ist der Preis, ja?" sagte die Frau mit einem mehr oder minder mütterlichen Lächeln.

Marcus hatte keinen Geist mehr die Werte umzurechnen, noch zu fragen was genau ein „Znacht" denn sei und er bezahlte dankbar lächelnd den genannten Preis. Natürlich hatte er Geld von Freya und sich (eigentlich mehr von Freya) mitgenommen .

„In ein' halb' Stund' gibt es das Essen." sagte die Alte noch im Hinausgehen.

Marcus packte einige seiner Sachen flüchtig aus, duschte sich und hatte Mühe, nicht danach einfach ins Bett zu fallen, sondern nochmals die breite Holztreppe herab zu taumeln.

Der Mann der Vermieterin begrüßte Marcus ebenso freundlich, aber in weniger gutem Deutsch, als dieser sich im großen Wohnzimmer zum Essen einfand. Der Hausherr hatte eine silbergraue Halbglatze, trug einen kurzen ebenso glänzenden Vollbart und blickte mit stechend klaren Augen aufmerksam und schelmisch umher.

Die beiden Eheleute sprachen leise in einer rätoromanischen Mundart miteinander, als das Essen aufgetragen wurde.

Marcus aß gierig Kartoffeln und Gemüse der Hausmannskost, während er mit allerlei belanglosen Fragen gelöchert wurde.

Die älteren Leute vermieteten nur zwei Zimmer und pflegten einen familiären Umgang mit ihren Gästen.

Marcus antwortete mit faden Lügen, dass er die Ferien nutze um sich ein wenig Europa anzusehen und dass er geradewegs aus Frankreich käme um nach Italien weiter zu wandern, bevor die Universität in Deutschland den Betrieb wieder aufnähme. So müde hatte er Mühe, sich seine spontan ausgedachte Geschichte zu merken, um sich später nicht zu widersprechen und dachte dabei noch betrübt, warum er es eigentlich nie zu

Zeiten seines Studiums geschafft hatte, wirklich solch eine Wanderung zu bestreiten.

Das Ehepaar fragte auch gar nicht weiter nach, sondern nickte nur freundlich mit glitzernden Augen und füllte Marcus nochmals gekochtes Gemüse nach, bevor er überhaupt ablehnen konnte. Nach dem Essen musste Marcus noch zwei Gläser des hauseigenene Rotweins trinken (der Vermieter kelterte selber in sehr geringem Maße), die ihm in seiner müden und ausgelaugten Verfassung sofort schwer zu Kopfe stiegen.

Mit wirren, schwindelnden und schwankenden Schritten fand Marcus seinen Weg die Treppe wieder herauf und fiel doch mit zufriedenem Wesen noch vor zwanzig Uhr in das Bett seines Zimmers.

Erst gegen halb zwölf tat Marcus blankbeschädelt aufgetaucht aus formlos grauen, Träumen seine Augen auf.

Das Leben des hübschen Dorfs rumorte bereits in voller, zarter Kraft vor seinem Fenster und mit verklebten Augen und geistlosen Gedanken sah er durch die Glasscheibe auf eine Straße, in der wie für einen Filmdreh arrangiert, Mütterchen mit Körben eilten, Handwerker und Dienstleistende sich mit Kaufleuten unterhielten, Rentner mit Hunden die Straße entlang spazierten und Touristen alleine oder in Gruppen enthusiastisch Fotos schossen. Marcus ging breiig zufrieden herunter zum Frühstück.

Wie er so beim schwarzen, realitätszerrenden Kaffee und Brötchen mit Käse und Margarine mit frischem Schnittlauch saß, redete freundlich die Dame des Hauses auf ihn ein. Schließlich erwähnte sie fast beiläufig, dass Marcus, wenn er wirklich nach Italien wolle, ein gutes Stück nach Süden von ihrem Mann mitgenommen werden könne, da dieser zufällig in eine Kleinstadt einige Kilometer weiter in jener Himmelsrichtung geschäftlich zu tun hatte und heute dorthin fahren werde.

Marcus verschluckte sich kurz, musste aggressiv husten, spülte das Keuchen mit etwas Kaffee herunter und sagte dann sofort dankbar zu.

Die Lust des Abenteuers und vor allem der vogelfreien Unbegrenztheit des Weges waren bisher noch nicht gesättigt. Marcus fühlte sich warm und bereit für Wahnsinn, der ruhig auf ihn zukommen möge. Er wollte Lachen und die Arme ausbreiten, um die Freiheit zu greifen, was sich selbst widersprach. All die Strebsamkeit und das träumende, herrliche aber melancholische Zuzweitsein der Berghütte hatte ihn begierig und im Irrsinn weise gemacht. Zumindest fühlte sich Marcus weise. Das er es doch nie sein konnte ahnte jeder, der ihn ansah, auch Marcus selbst.

Die Mitfahrgelegenheit stand zu Freiheit nicht im Widerspruch, im Gegenteil: jetzt erst konnte er noch weiter fliegen.

Das Frühstück war beendet und Marcus entspannte noch ein wenig auf seinem Zimmer, notierte irgendetwas in seine Bücher und hatte dann noch Zeit durch das Dorf zu schlendern. Er sah sich etwas die Straßen, Plätze, die wertigen Häuser und die alte Kirche an, bevor er sich wieder im Fachwerkhaus des älteren Ehepaars einfand.

Jenes bestand darauf Marcus auch zum Mittagessen einzuladen, für das er nicht bezahlt hatte. Gegen vierzehn Uhr schließlich saß Marcus in dem Pick-up des freundlichen Zimmervermieters und beide fuhren zielstrebig nach Richtung Süden, den immer höheren Bergen entgegen.

Nach einer angenehmen dreiviertel Stunde Fahrt erreichte der Wagen sein Ziel: eine alte und gemütliche Kleinstadt, die verträumt von hoch ragenden Bergen an den Hängen gesäumt war und im Grunde eines Tals ruhte. Der Vermieter setzte Marcus am Rande eines schönen Platzes ab, verabschiedete sich herzlich und empfahl ihm noch

ein klassisches Wirtshaus in der alten Einkaufs-
straße. Mit einem letzten Gruß fuhr der Herr ab
und Marcus blieb umspült vom Gefühl der völligen
Autonomie stehen.

Tausend Eindrücke zerschossen sein schmerz-
begieriges Herz binnen Sekundenbruchteilen zu
einem glücklich zuckenden Fleischklumpen.

Er ging grienend durch die Straßen, starrte in
die Schaufenster der Läden, in die Gesichter der
Menschen, welche hinter vorgehaltener Hand einander oft auf Italienisch mutmaßend zuraunten,
dass dieser junge Tourist wohl auf Drogen sei.

Marcus, der weder Italienisch verstand, noch
sich um die Meinung der Leute scherte, lief high
weiter durch die Straßen und hielt nur inne, um
kurz die gewaltigen, scharf umrissenen Berglinien
vor dem Himmel zu betrachten, weit über ihm in
frostigen Höhen. Dabei dachte er nur einmal kurz
erzitternd, als er die romanische Sprache in Fet-
zen wieder an seinem Ohr vorbeiziehen hörte, wie
weit es wohl bis zur letzten Ruhestatt des Gewal-
tigsten und Größten wäre? Wie weit war es wohl
bis nach Montagnola?

Letztendlich gelangte Marcus, mit einigen Um-
wegen, zum empfohlenen Gasthof.

Ein altes, gepflegtes Haus in einer engen Kurve, der sonst breiten Geschäftsstraße. Wein rankte wüst und betrunken über die ganze Fassade und die noch grünen Blätter brüllten wie von Sinnen im Nachmittagslicht der Sonne in Marcus' Augen.

Er trat ein. Ein müder Wirt mit klischeehaftem Schnauzer und Bierbauch blickte ihn träge an. Der Wirt seufzte kurz, bevor er ins Deutsche wechselte. Marcus nahm ein Zimmer, denn das in gewisser Weise literarische Wirtshaus, hatte ihm sofort gefallen.

Nachdem er seine Sachen auf das Zimmer gebracht hatte, ging Marcus wieder durch die Stadt spazieren. Es gab viel zu sehen, nur nichts Neues.

Alles war überaus akkurat, regelrecht künstlich. Dadurch schien aber doch kein Haus nahbar, im besten Fall wie aus einem gutmütigen Märchenfilm, meistens aber doch kalt und abweisend, so idyllisch wie alles auch war.

Die Preisschilder in den Geschäften zeigten für Marcus absurd hohe Summen, das was er an Deutsch hörte, war nicht wirklich als dieses für ihn zu erkennen und generell schienen die Leute etwas arrogant auf ihn nieder zu blicken. Seine Euphorie war geschwächt und langsam ernüchterte Marcus deutlich.

Nachdem er sich in Ruhe umgesehen hatte, etwas Spuren einer Subkultur vermisst hatte, kam er wieder in das gemütliche Gasthaus zurück und setzte sich zu einem verfrühten Abendbrot an den Tisch.

Gierig aß er das gebratene Gemüse mit Käse, riss das ofenfrische Brot in Stücke und trank dazu tiefe Schlucke örtlichen Weins, der in einer Glaskaraffe serviert wurde.

Mit einem etwas unflätigen Grinsen ob des Gedankens wie wüst er wohl aussehen möge, spülte Marcus die letzten kauschweren Brocken räuberisch mit dem Roten hinunter.

Die Schankstube füllte sich langsam und als Marcus seinen Appetit gegen neunzehn Uhr gestillt hatte, war der Raum gut belebt. Schläfrig ermattet und gänzlich zufrieden lehnte er sich in die ausgepolsterte Holzbank zurück und beobachtete die anderen Gäste. Viele Einheimische und einige Touristen saßen und aßen und schwätzten und tranken.

Doch Marcus stockte und er hob kurz ungläubig seine Augenlider, als ihm ein junge Frau direkt am Tresen gewahr wurde. Sie hatte sehr langes, wild lockiges Haar von rabenschwarzer Farbe, tief braune – fast schwarze, brennende Augen, wie angezündeter Bernstein. Ihre Figur war freundlich und mit ausladenden Rundungen.

Marcus' Gesichtszüge normalisierten sich wieder und mit heimlichem Blick musterte er die junge, etwas exotisch anmutende Frau.

„Freya würde ihr gegenüber deutlich zarter, fast fragil aussehen." dachte er sich.

Ein ermattetes Lächeln schmierte nochmals über Marcus' Mundpartie: „Die rassige Frau, yeah!" brummte er zynisch doch beeindruckt vor sich hin.

Sein Blick löste sich und schweifte zur Weinkaraffe. Ungefähr die Hälfte hatte er bereits in sich hineingetrunken und der stille Rausch hatte sich altbekannt diabolisch-dionysisch in sein Geist und Wesen geschlichen.

Die Natur nüchtern und freudig sowie von kindlicher Ehrlichkeit zu fühlen war der Grund seines Aufbruchs aus dem Berghäuschen gewesen.

Nun saß er selbst gewählt wieder eingepfercht von vier Wänden im nahenden Suff und fühlte sich – dies erkennend – schlecht und erbärmlich. Es schien ihm auf einmal, als hätte sich nichts geändert.

Regelrecht wütend über sich selbst stiefelte Marcus eilig die Treppen des Hauses hinauf und griff sein Füller und seine Notizbücher aus dem Rucksack in seinem Zimmer. Die Schreibutensilien, die er all die Tage nicht benutzt hatte, obwohl sie selbst ihre Verwendung in größter Dringlichkeit ständig ausriefen.

Er setzte sich wieder in die Schankstube und fing an die leeren Zeilen zu füllen.

Einfach nur Worte, verschränkte Buchstabenwürfe – alles floss ab in die Fasern der weißen Gefräßigkeit des Papiers. Zwischen seinen krakeligen Zeilen, die Marcus auf das Blatt streute, warf er einige Blicke immer wieder hinauf zu der schwarzhaarigen Schönen, die an der Bar stand. Von Zeit zu Zeit redete sie mit dem Wirt oder trank alleine aus einem Glas Rotwein. Doch manchmal gar blickte sie Marcus auch direkt in die Augen, als dieser mal wieder unauffällig seinen Blick hob. Er erschauerte immer kurz in diesem Moment. Zwar war der Blick der vermeintlichen Exotin nicht annähernd so durchdringend wie der von Freyas Saphiren, doch Marcus fühlte sich beim Luschern ertappt und er senkte schnell seinen Blick wieder auf sein Buch. Mit geringer Verzögerung gelang es

ihm wieder sich aus seine Literatursplitter zu konzentrieren.

Nach einiger Zeit – Marcus schrieb wohl schon
eine dreiviertel Stunde in seinem Heft – war sein
Wein leer getrunken. Er klappte das Buch zu,
steckte es mit dem Füller zusammen in die Tasche
seines Kapuzenpullovers, stand auf und schwankte mit der leeren Weinkruke zum Tresen.

Er fühlte sich nicht großartig besser, dennoch
besänftigter als vorher, da er wenigstens etwas
für seine Literatur geschafft hatte und somit den
Suff, welchen er aufkommend wieder in sich trug,
besser vor sich selbst rechtfertigen konnte.

Marcus bestellte eine weitere Karaffe Rotwein
zu seinem Tisch, lenkte dann aber seine Schritte
in die Richtung der Toiletten.

Als er von jenen wieder in den Schankraum zurückkehren wollte, fiel ihm der Raucherbereich
auf. In einem kleinen Seitenzimmer waren kleine
Tischchen, Theken, Sessel und Sofas aber vor allem Aschenbecher aufgestellt worden. Marcus
schritt einem spontanen Impuls folgend als Nichtraucher in den Raum und warf sich in einen der
modernen Sessel. Momentan waren nur zwei weitere Touristen ihm gegenüber an einer Theke an-

wesend. Sie waren intensiv in ein Gespräch vertieft, energisch in einer slawischen Sprache (nicht Russisch) redend und gestikulierend, während sie dabei filterlose Zigaretten rauchten.

„Kippen rauchen und sie nicht rauchen und doch rauchen!" dachte sich Marcus betrunken lächelnd und fischte seinen einzigen Joint – das letzten gemeinsame Marihuana von Freya und ihm beinhaltend – aus der Beintasche seiner Hose. Er hatte den Joint in einem Akt der lächerlichen Wohlweislichkeit vorgedreht, kurz bevor er von der Berghütte aufgebrochen war.

Marcus' Sinne tanzten schon beachtlich nach all dem Wein und im Gefühl, dass die Konfusion des Rausches momentan ein guter Zustand für etwas Besonderes, Verstärkendes war, entzündete er die Droge.

Hart, süß und trügerisch-köstlich erfüllte ihn der Rauch. Seine Lungen gaben die schweren Wolken eremitisch-stoisch zurück in den Raum.

Er saß einige Minuten im Sessel und rauchte, bis der Boden zerschoss.

Splitternd schmackhaft im Altsein des Raumes. Die rauchenden Touristen glichen faltig staubigen und doch wütenden sowie enthusiastischen Professoren in einem wissenschaftlichen und seriösen, doch lebensunrelevanten Disput. Sie rauchten die filterlosen Zigaretten, redeten mal laut, mal leise aber konzentriert und hart. Wenn noch alle Fliesen des Fußbodens eingestürzt wären, würden die beiden gleich bronzenden Statuen unnütz, nutzunrein, rein unnützlich, nutzend den Unnütz, benutzt stehen bleiben. Glatte grünbespante Denkmäler auf marmornen Sockeln halt. Die Wände schälten sich apfelsinenfarben und die Gift verpestete Schale rollte sich vor den Füßen der weich-bequemen Sessel zusammen.

„Es klingen verminderte Septimen!" hallte es stumpf. Die pfirsichfarbene Wand, die so schickhässlich konträr der urigen, südlichen Schankstube entgegenschlug, brach nüchtern lachend die Kieferknochen all der alten und jung-matten Nikotin- und Unrauchmenschen.

Es ist eine merkwürdige Sache um das menschliche Augenwinken. Ein Teil der Augäpfel zerplatzt an einem langweiligen und schlechten Samstagnachmittag in den Mikrowellen eines guten, neuen Neunzigerjahrekapitalismus, der andere Teil lässt sich von ranzig stinkenden Phallusvertretern in sich selbst tätowieren und geißelt sich dann, wenn er merkt wie scheiße er damit aussieht. Nur unledrige und überledrige Lungenflügel fliegen ferne sonnenbeschmiedete Horizonte an.

Marcus schreckte aus seinen aufgeschlagenen, abgestürzten Gedanken auf. Ein Mensch stand vor ihm und redete ihn an.

„… or do you speak english?"

Das schwarzhaarige Mädchen von der Bar stand direkt vor Marcus' Sessel, in dem er gedanklich in undefinierte Weiten geglitten war. Der Joint zwischen seinen Fingern rauchte leicht vor sich hin.

Marcus erwachte vollends, die Schrecksekunde verhallte.

„Ja, klar! Aber am besten dann doch leider Deutsch!" stotterte er.

Die Rundgebaute lächelte. Schwarzbraune Augen rasten, die Locken waren wie harter Schnaps: rein, klar und brennend. Dunkles Feuer auf dem Kopf.

Sie setzte sich auf den Sessel links neben Marcus.

„Deutsch, ich sprechen nicht gut!" stotterte sie brüchig.

Marcus stemmte kurz – ohne zu wissen warum – seinen Charme zusammen, lächelte und antwortete auf Englisch, dass dies kein Problem sei.

Die junge Frau lächelte. Marcus sein Gesicht verzog sich unmerklich, doch er fragte höflich, warum die Dame sich zu ihm gesellt hatte.

„I saw you where looking at me." antwortete sie.

Sie hauchte ihn etwas an. Aus ihrem braun-weißen Kleid schlug Marcus der Busen förmlich entgegen. Groß, lang, rund und geradezu saftig.

Der Rausch schüttelte ihn. Sie hatte es also bemerkt.

„Just ago at the bar!"

Marcus schüttelte den Kopf kurz, antwortete, dass er nicht hatte stupide gaffen wollen, doch nicht umhin kam sie anzuschauen und er entschuldigte sich.

Die Schwarzhaarige lächelte.

„What's your name?" fragte er automatisiert hinterher, bereute das sofort und kam sich unerträglich toxisch dabei vor.

„Chiara."

Marcus stockte schon, doch endlich und zog verlegen an dem Joint.

„And yours?" sie fragte mit beobachtenden Augen.

„Erm... it's Peter!" Die Lüge kam ohne einen Moment des Zögerns von Marcus' Lippen. Er hatte seinen neuen Namen englisch ausgesprochen, so hakte Chiara nach.

„Peter? You don't sound like a english native speaker! You talk german, you said!" Dabei war ihre italienische Muttersprache ebenfalls mehr als deutlich am Akzent zu erkennen.

„Well, yes... I'm from the Netherlands, not England" log Marcus unbekümmert fort und rauchte dazu. Halbwegs plausibel um deutsche Sprachfähigkeit zu erklären.

Chiara lächelte weit. Ihre Zähne glänzten im matten Licht sehr schön, während die slawisch Diskutierenden bei ihrer vierten filterlosen Zigarette einige Meter sprechend hinter ihr standen und manchmal so aggressiv husteten, dass man erwartete Brocken der Lunge würden dabei mit ausgeworfen.

„Niederdeutscher, Niederlande... Nicht zu dolle Lüge!" dachte Marcus sich noch bekifft.

„May I too?" fragte Chiara nun höflich und zeigte auf die Tüte.

„Oh, of course! How impolite, I'm sorry!" Marcus reichte ihr.

Es folgte ein unsinniges Gespräch. Mattester und brüchig gerotteter Smalltalk.

Chiara erzählte, dass sie aus einem benachbarten Dorf stammte und später einmal in Rom arbeiten oder noch studieren wollte.

In der Hoffnung das fade Gequassel bald beendet zu bekommen, erschwindelte Marcus Langweiligkeiten und hoffte, dass diese einigermaßen plausibel erschienen. Er sein ein Student auf Durchreise und wolle vielleicht auch noch nach Italien, aber er habe Bedenken, da er die Sprache gänzlich nicht beherrschte. Außerdem musste er bald zurück in die Niederlanden, um zu studieren.

Marcus fühlte sich ohnehin viel zu betrunken und bekifft, um freundlich sich jedem tumben Eindruck hinzugeben und in solcher Mühsamkeit ein derartig unfruchtbares Gespräch zu führen. Zwar kam er sich unhöflich und arrogant dabei vor, doch sein Körper und seine Sinne ließen ihm nicht viel Raum für gutes Konversationsbenehmen.

Chiara war allerdings auch alles andere als nüchtern. Sie lachte viel, ihre Zähne leuchteten, ihre irrationalen Flammenlocken wiegten sich in ihren tanzenden Bewegungen. Sie taumelte und lachte, als sie schwankend zur Toilette stolperte und kicherte mit geröteten Wangen, als sie sich mit einem neuen Glas Wein zu Marcus an den Tisch in der belebten Schankstube setzte. Der ein-

zige Joint war nur halb geraucht zuglos runterge-
brannt in der merkwürdigen Perplexität dieser wirren Begegnung, durch das ganze Schnacken.

So hatte Marcus seinen alten Platz wieder ein-
genommen und trank aus seiner Weinkaraffe weiter und schenkte in Chiaras Glas auch nach.

Nach einer weiteren guten Weile, die Kneipe
war deutlich geleert, überlegte er sich schon final
der gleichaltrigen Chiara Gute Nacht zu sagen, um
dann betrunken, deprimiert und müde die Stufen
zu seiner stillen, grauen Kammer hinauf zu steigen, als jene sich plötzlich vorbeugte.

Ihre vollen, warmen Brüste zerrten sich um aus
dem Dekolleté zu springen. So sehr Marcus wollte,
er konnte Chiara in diesem Moment nicht in die
Augen sehen.

„Peter... what would you say... if I ask you... if
you would like to... yeah... sleep with me?"

Marcus erschauderte. Die Frage die er am
meisten herbeigesehnt und gefürchtet hatte.

Ihm schwindelte. Er blickte nun doch in die
braun-schwarzen Augen. All sein Trieb hämmerte
schon seit Stunden in seine Nervenbahnen und
seine Erektion hatte ihn schon mehrmals an sein
elendes biologisches Dasein erinnert.

Chiara sah im Halbdunkel der Schankstube, im Helldunkel der Nacht, in der öffnenden Befeuerung des Rausches absolut begehrenswert und zerrend exotisch aus. Alles riss an ihr, dennoch atmete keuchend die gefressene Moral in Marcus und noch stärker schrie furchtbar die seit der Jugendzeit tief eintätowierte, eingebrannte, vernarbte Melancholie in seinen Hirnkrümmungen. Es war alles von Wahnsinn beseelt. Der tiefe Glaube ein Versager und Nerd zu sein, der nie promisk leben würde, war so oft runtergebetet worden um eine Erklärung zu finden, dass Marcus diesen nicht einfach fallen lassen konnte, auch wenn sich nun eine andere Realität anbot.

Er konnte nicht so einfach mit Chiara ficken, auch wenn es nie ein Gespräch über Treue mit Freya gegeben hatte. Er konnte ihr dies nicht antun. Unwissend, ob er ihr damit überhaupt etwas antun würde.

Eine panische Angst ergriff Marcus und gleichzeitig spannte sich schmerzhaft seine Hose.

Er antwortete nicht. Chiara lächelte freundlich und begierig, während sie glaubte, dass die Feuchtigkeit ihrer Vulva bald auch ihren Kleidsaum durchnässen müsste. Nichts Unaufrichtiges strahlte von ihr auf Marcus aus.

Diesem wanden sich die Finger. Angst trieb Schweiß auf seine Stirn.

„You can think about it... yes?" sagte Chiara schließlich fast unenttäuscht, als Marcus nach einigen weiteren Sekunden die Antwort noch immer schuldig geblieben war.

Nach dieser verlegenheitsstreuenden Sache war die Gesprächigkeit zwischen den beiden jungen Menschen erheblich abgeebbt und sie merkten in mangelnder Ablenkung umso mehr den Alkohol an ihnen rütteln.

Marcus war schlecht nach der herrlich-schrecklichen Frage (denn so schrecklich ist die Herrlichkeit, die man des Lebens wegen fahren lassen muss) und den konsumierten Drogen, sodass er plötzlich einen Spaziergang vorschlug.

Der Gedanke frische Luft, eine Abwechslung von Lärm, Trunk zu bekommen erschien Marcus in dieser Situation klug. Außerdem konnten so beide das filmreife Stadtbild noch erleben und insgeheim hoffte Marcus, dass sich die Spannung zwischen Chiara und ihm noch irgendwie aufklären würde.

Chiara freute sich aufrichtig: „That's a cute idea! And...", sie hatte ihren Wunsch noch nicht aufgegeben, „... and you can think 'bout my question!"

So gingen beide nach bezahlter Zeche hinaus in die kühler werdende Nachtluft. Die Sterne leuchteten köstlich über den italienischsprachigen Ländereien der Berge so vollendet wie über dem niederdeutschen Gestade zur See. Und all der Glanz der Laternen und der kulturell höchsten Straßen und Häuser blitzte großzügig und pflegend auf die beiden einzigen Wesen auf dem Gehweg herab.

„Kein selbstverschuldeter Krieg so viele Jahre und erst recht nicht den grausamsten seit Menschengedenken. Kein Pseudosozialismus. Nur Leben hier. Und dennoch: Konservativismus, Geld und nichts Höheres als jenes und daher doch Lähmung und Mord!" dachte sich Marcus unzureichend im erinnernden Vergleich an seinen Heimatort, als er die Nachtluft gierig einsog und erneut die Stadt begutachtete.

Ergriffen sah er die Häuser und Alleen mit all dem Wohlstand und die Kultur, die offensichtlich in der Dunkelheit der Nacht lag.

Chiara tapste derweil glücklich und betrunken neben ihm her, lachte und erzählte. Sie hatten die kleine Stadt bald schon durchschritten, als Chiara plötzlich Marcus bat kurz zu warten.

An einer Straßenecke, die einen stattlichen Höhenunterschied überwand und deren Eckhaus ein von Efeu herrlich umwuchertes Fachwerkgebäude über ihnen thronend war, blieb Marcus verwundert über die Bitte stehen. Im nahen Glanz einer Straßenlampe, die die dunklen Fenster des Hauses schwarz erglühen ließ, schritt Chiara in eine Mauermulde in der Ecke.

Sie raffte ihr Kleid und streifte ihre Strumpfhose herunter. In ihrem Hocken erblickte, von der Laterne beschienen, Marcus ihr Geschlecht. Rund und üppig der Venushügel, geschmückt von den tiefschwarzen getrimmten Haaren, die ein auf der Spitze stehendes Dreieck bildeten. Die großen Labien lagen beide saftig und kräftig durchblutet an den Schenkeln, als Chiara vorsichtig mit beiden Zeigefingern je zwischen die kleinen und großen Lippen fuhr und ihre Vulva sacht spreizte. Wie ein Schmetterling streckten sich die Nymphae. Krönend reckte sich dadurch die Klitoris behutsam aus dem Präputium, hart und rund.

Marcus konnte einen Blick direkt in Chiaras Vagina werfen, bevor aus der Harnröhre ein großer Bogen Urin strebte und das Kopfsteinpflaster traf.

Das Pinkeln konnte Marcus' Gemüt nicht erregen, doch es traf ihn unvorbereitet und heftig Chiaras Vulva zu erblicken, das kostbarste Symbol ihrer Weiblichkeit.

Alles in Marcus bäumte sich kurz auf und doch im gleichen Moment fühlte Marcus sich übel, zerstört und so müde wie noch nie zuvor in seinem Leben.

Als die treffliche Chiara wieder zu Marcus kam um mit ihm weiter durch die Nacht zu gehen, nahm er ihr glattes Gesicht vorsichtig zwischen die Fingerspitzen.

„Auf dein Leben und meine endliche Befreiung, Chiara!" sprach er langsam und schwerfällig auf Deutsch zu ihr, dann küsste er sie sicher vier oder fünf Sekunden, es kam beiden lang vor, auf ihre Stirn, drehte sich dann um und schritt zackig piefkehaft (wenngleich dies ein österreichischer Ausdruck ist) davon in die Nacht.

Chiara sah ihm stillstehend nach, traurig aber aus den Umständen (statt aus der deutschen Rede) erkennend was dies bedeutete. Auch sie wand sich um und ging in ihr Quartier, wo sie sich einsam masturbierend in ihr Bett legte und irgendwann einschlief.

Marcus schleppte sich flirrend in die Kissen seines gebuchten Bettes und fühlte sich dennoch wie ein Sieger im Freudentaumel während im Einschlafen sein Sinn der puren Vereinigung weinte. Geschlagen mit glühenden, eisernen und mit ätzendem Sud bestrichenen Peitschen. Auch weinte ein Teil der Lebendigkeit in ihm. Die Lebendigkeit, die eines der letzten halbwegs atmenden Dinge in ihm war.

Als er nicht mehr wach war fiel noch eine Träne dumpf auf das Kissen.

Am nächsten Morgen erwachte Marcus wieder spät. Sein Kopf, Magen und Herz fühlten sich nicht nur verkatert sondern auch unsagbar zerbrochen an.

Er nahm kein Frühstück zu sich. Stattdessen saß er auf seinem Bett und las die geschriebenen Zeilen vom gestrigen Abend.

Alle Wörter zerrissen sich nach einer neuen Art von Mitteilung, nach einem endlichen Aufbruch.

„Der Jubel zum Krieg, der alle töten wird!" flüsterte Marcus erkennend und erschaudernd vor sich hin, doch nun wusste er wenigstens was zu tun war.

Die Wanderung, die in Marcus' ewiger Schwäche geschändet worden war, war beendet. Es war an der Zeit in die Berghütte zurückzukehren.

Gegen sechzehn Uhr schleppte Marcus sein Gepäck und sich selbst zu dem kleinen Bahnhof der Stadt und nahm vom fast letzten Geld, das er noch in der Tasche hatte, einen Zug in das Dorf der Hütte der Zuflucht.

Am späten Abend kam Marcus den Berg hinauf geschritten, klopfte an die Tür und Freya, die gerade dabei war eine DVD zu sehen, öffnete ihm.

Eine kleine Träne rann in Freude über ihre linke Wange. Marcus schaffte ein halbsekündiges Lächeln, trat dann ein um Abendbrot zu essen und die DVD mitzuschauen.

Kapitel VII

Die Sonnenhitze war wieder unerträglich geworden in den letzten Wochen. Schon ganz früh morgens waren in der Berghütte um die fünfundzwanzig Grad und in der Mittagszeit erreichten die Temperaturen fast täglich Rekordwerte. Marcus war genervt durch die stumpfen Schlagzeilen und blöden Sprüche der Radiosendungen, wenn Freya und er manchmal zum Frühstück statt einer CD den Rundfunk hörten.

Drei Wochen war es nun her, als er bei der Flasche Wein den letzten falschen Brief an Stephan addressiert geschrieben hatte.

Seine viertägige Wanderung kam ihm bereits traumartig vor, doch den erneuten Gedanken an eine Befreiung hatte er nicht vergessen. Ganz klar stand er in ihm.

Er hatte wieder mit Freya fortgefahren Musik aufzunehmen, doch die Songs waren, ohne das jemand der beiden es gewollt hatte, ganz anders geworden. Disharmonie, vor allem im nicht musikalischen Sinne, hatte sich der Arbeitsatmosphäre bemächtigt. Vielleicht waren die Lieder nicht schlecht geworden. Vielleicht waren sie in ihrer zerstörerischen Kraft, tiefen Emotionalität und brutalen Gewaltigkeit die besten bisher.

Freya hatte Marcus nichts weiter zu seiner Reise gefragt. Sie wollte nur musizieren. Schon am Morgen hielt sie mit Augenringen den Violinenbogen und spielte ins Mikrophon.

Marcus empfand die Aufnahmesessions von Tag zu Tag mehr als schlauchender und sie zerrten immer stärker an seinen Kräften. Doch wie süchtig konnte auch er ohne die routinierte, tägliche Selbstgeißelung nicht sein.

Wann immer er Freya ansah, schmerzte ihm sein eigener Blick im Herzen. Freyas Schönheit schien ihm auf dem Höchststand zu sein und doch fühlte er, dass irgendetwas zerbrochen war in der Nacht, in der sie verweint und betrunken in das Bett gestiegen war.

Und dann schlich sich auch noch Chiaras Anblick, insbesondere der ihrer Vulva, nachts oft dunkel in seine Träume.

Was genau zerbrochen war wusste er nicht genau, vielleicht waren die Briefe an Stephan nie reine fiktive Briefe gewesen.

Irgendwann in den folgenden Tagen kam Marcus zu der Erkenntnis, dass die Briefe einen Sinn hatten: und zwar nicht nur sein Gemüt zu täuschen, sondern jenes darauf vorzubereiten, dass er doch Stephan in die zweisame Realität holen musste.

Gerade spielte er noch ein traurig-verzweifeltes und wütend-weinendes Gitarrensolo zu dem neuen Punksong ein, da hatte er sich schon entschieden Stephan in die Schweiz zu ihnen in die Hütte zu bitten.

Es war ein goldiger Tag von klarer Brillanz im August, als Marcus zum Einkaufen in den Ort hinabfuhr. Es war gegen fünfzehn Uhr dreißig und er hatte den Tag bisher damit verbracht ein paar Gitarrenspuren einzuspielen, vor dem Mittag einige Seiten in der Sonne zu lesen und nach einem großartigen Essen liebevoll mit Freya zu schlafen.

Der Sex mit ihr war intensiv wie eh und je und Marcus fühlte sich jedes Mal aufs neue erschöpft unter heftigen Orgasmen. Doch wenn Freya beim Akt auf ihm sitzend, ihn tief anschaute, so glaubte er in ihren Augen – in der unbestimmten Tiefe – wie immer etwas glänzen zu sehen, doch war es diesmal ein kühles Schimmern, statt dem sonstigen warmen Glühen. Und dennoch verhielten sie sich wie immer zueinander - voller Liebe und Zärtlichkeit.

An diesem Augusttag sollte sich daran etwas ändern. Die gesegnet besprochene Absolution musste sich auflösen.

Marcus stand im Supermarkt, blickte gedankenverloren auf den hingekritzelten Einkaufszettel. Er warf einige Lebensmittel in den Wagen, Haushaltsgüter und stand schließlich vor dem Weinregal. In den letzten vierzehn Tagen hatten Freya und er viermal wieder intensiver zusammen getrunken. Freya mit ihrer zierlichen Figur war schnell betrunken, zumindest schneller als Marcus, der im Vergleich zu seiner Studentenzeit wieder gut und regelmäßig aß und daher mehr vertrug. Meistens recordeten die beiden oder schauten einen Film oder diskutierten, während sie tranken und jedes Mal fickten sie schon miteinander, als die Buddel noch gar nicht leer war.

Marcus steckte noch fünf Weinflaschen und mehrere Biere in die große Leinentasche und ging zur Kasse.

Als er den Supermarkt verließ, schwitzten seine Handflächen und seine Stirn, obwohl es zwar sonnig aber kühler als die letzten Tage war. Zitternd schob er das beladene Fahrrad um die Straßenecke zu einer längst entdeckten Telefonzelle (im ganzen Dorf gab es nur drei).

Die Nummer Stephans konnten keine paar Monate ohne Telefonieren aus seiner Erinnerung löschen und mit teils die Zahltasten verfehlenden Fingern wählte er, nachdem eine stattliche Anzahl großer Münzen in den Apparat gewandert waren.

Es klingelte mindestens dreißig Mal oder länger, Marcus war kurz vor dem Auflegen, als er ein Knacken hörte und die Stimme seines Genossen:

„Ja, Hallo?"

„Stephan, ich bin's... Marcus!"

Zähe Sekunden der Stille ertönten aus dem Hörer. Schließlich antwortete Stephan am anderen Ende:

„Scheiße! Marcus, Alder! Wo bist du?"

„Ich bin-" dieser stockte.

„Wo bist du, verdammte Scheiße?" Stephan klang böse.

„Schwöre niemanden etwas zu sagen! Sonst sag' ich gar nix!" ging Marcus sofort in die Offensive, einem spontanen Impuls folgend. Es gab also keine Begrüßung, trotz all den Monate ohne Kontakt.

„Weißt du eigentlich wat hier los is'?" zischte Stephan wütend. „Seit Wochen löchern mich deine Eltern verrückt vor Sorge! Sie haben mich unzählige Male gefragt, ob ich wirklich nicht wüsste wo du bist! Drei Mal musst' ich zur Polizei um Aussagen über unser'n letzten Abend zu machen!"

Marcus verspürte einen tiefen Stich in seinem Gewissen, dennoch blieb er hart. Er musste unbedingt hart bleiben.

„Belästige mich nich' mit so 'nem Scheiß! Schwöre nichts zu erzählen! Nur dann kann ich dich einweihen!"

„So? Is' das für dich Scheiß? Wir alle-"

„Wenn du was wissen willst schwöre, sonst leg'
ich auf!" unterbrach ihn Marcus.

Er hörte oder vielmehr spürte wie Stephan mit
sich selbst rang.

„Okay... ich schwör's dir!" Stephan klang
elend.

„Gut!" Marcus atmete laut aus und griff den
verschwitzten Telefonhörer noch fester.

„Also Stephan, mach dir keine Sorgen! Mir
geht es gut. Ich bin in der Schweiz."

„In der Schweiz?" wiederholte Marcus' Freund
erstaunt.

„Ja, mit Freya!"

„Du bist also mit ihr abgehauen!" Stephans
Tonfall bewegte sich irgendwo zwischen Spott,
Traurigkeit und wissender Erkenntnis.

„Ja." antwortete Marcus nur.

„Die Bullen haben auch nach ihr gefahndet,
aber ihre Freundin Gesa konnte sie davon überzeugen, dass sie einfach nur im Urlaub sei."

Marcus spürte über diesen Satz eine tiefe
Dankbarkeit gegenüber Freyas ruhiger Freundin,
denn ohne ihren Einsatz wäre die Seifenblase des
Eskapismus wohl schon längst von außen her zum
Platzen gebracht worden.

Doch wie viel Zeit würde es noch dauern, bis die Polizei doch von der Berghütte, die ja nachweisbar Freyas Eltern gehörte, erfahren würde?

„Marcus, was ist denn nun los? Warum hast du das überhaupt getan alles? Und warum rufst du mich jetzt an?" rissen Stephans Fragen Marcus aus seinen Gedanken.

„Ich musste es tun und ich hab' es bisher auch nicht bereut. Und damit ich es auch nicht bereuen werde, ruf' ich dich an."

„Du musst zurückkommen!" Stephans unterbrechende Stimme war nun eindringlicher und emotionaler.

„Das mach' ich vielleicht auch irgendwann, doch erst einmal musst du hierher kommen!"

„Wat? Wieso?"

„Du musst es einfach! Stephan, vertrau mir!"

Abermals wurde Marcus' Genosse wütend: „Weißt du eigentlich was du von mir verlangst? Du rufst hier einfach so an, nachdem du Monate vermisst bist und alle die dir nahe stehen kommen um vor Sorge und dann soll ich einfach ohne Angabe von Gründen in die Schweiz kommen? Bist du bescheuert?"

„Ja, ja ich weiß! Tut mir Leid."

Beide schwiegen einige Sekunden.

„Stephan..." begann Marcus wieder, „Glaubst du an die Heiligkeit des Lebens? Du weißt schon: Hesse, Kerouac und die anderen! Ihre Bücher, ihre Predigten!"

„Ach, komm doch nich' damit nu'!" Stephan fühlte sich angegriffen.

„Wieso? Wieso soll ich damit nicht ankommen? Was haben wir die Bücher in unserem Wahnsinn verehrt! Und nun, wo sie real werden alles verleugnen?" Auch Marcus brauste jetzt auf.

Erneut Schweigen.

Schließlich sagte Stephan leise: „Marcus, romantische Flucht mit der du alle Leute die dich lieben krank vor Angst machst, nur um einen literarischen Traum zu fühlen, ist schrecklich egoistisch und verachtet all deine Mitmenschen. Diese Idole haben auch Solidarität gepredigt! Wo ist deine Solidarität? Du hast keine! Du bist selbstverliebt und ein egozentrisches Scheißabbild deines düsteren Selbst!"

Marcus fühlte sich ins Gesicht geschlagen und seine Stimme verhärtete sich: „Hör auf denen gut zuzureden, die du selber verabscheust! Niemand hat sich für mich in der Stadt interessiert, außer dir vielleicht. All die graue Einsamkeit hat mich beinahe um den Verstand gebracht! Und jetzt wo ich aufatmen kann und glücklicher bin, soll ich mich dafür rechtfertigen oder entschuldigen? Nein! Ich habe nichts getan, was ich als freier Mensch nicht tun dürfte!"

„Ohne deinen Vewandten und Freunden Bescheid zu sagen?"

„Ich hab' meinen Eltern eine E-Mail geschrieben!"

„Ach, die paar Zeilen haben sie doch nur noch mehr beunruhigt! Außerdem von wegen Legalität: Du bist doch mittlerweile auch illegal in der Schweiz!"

„Stephan, du hast meine Frage nicht beantwortet! Glaubst du an die Heiligkeit des Lebens?" fragte Marcus jetzt bohrend und versucht das Gespräch wieder in seine Gewalt zu bekommen.

„Marcus, das ist kein dummer Spaß hier!"

„In der Tat, das ist es keinesfalls!" antwortete dieser eisig.

„Ich habe mich wohl in dir getäuscht!" schob Marcus gnadenlos nach. „Bevor ich auflege, Stephan, nur eine Frage noch: Hast du nicht mit mir zusammen die Ehrlichkeit hinter all den Zeilen gespürt? Und mitleidig verachtet Jene, die diesen schönsten und wahrsten literarischen Werken ihren Status absprechen wollten, da für sie Güte und Hoffnung schon längst Spinnereien geworden waren, oder groteskte Masken nun trugen, die Zynik und kreativen Pessimismus aus ihnen gemacht hatten? Haben wir das nicht zusammen erlebt? Getrauert um die Härte und Unwissenheit der Anderen und dabei diese Literatur der Wahnsinnigen zelebriert?"

Ein viertes Mal war Stephan still. Diesmal länger, bis er letzthin brüchig antwortete: „Ja, das alles haben wir."

Marcus fühlte Sieg in sich aufsteigen. Die Schlacht war gewonnen, doch die Kapitulationsbedingungen mussten noch ausgehandelt werden und dabei wollte er behutsam aber mit vollster Kraft vorgehen.

„Stephan, ich bin auf deine Hilfe angewiesen und du kannst mir wie immer vertrauen. Ich bitte dich: komm in die Schweiz!"

Dem Freund am Telefon im hohen Norden entfuhr ein tiefer Seufzer: „Ja. Ich tue es!"

Nun entkrampfte sich Marcus' Brust ganz.

„Gott wird's dir danken!" murmelte er.

„Ach, hör auf!" bellte Stephan (der Atheist war) so gleich aufgefahren zurück. „Ich mach' das nur, weil du mein einziger richtiger Freund bist und scheinbar wirklich Hilfe brauchst! Ich bin nicht so egozentrisch wie du und weiß eben was Solidarität ist!"

„Danke... Das weiß ich sehr zu schätzen... Vergiss dann dein Malzeug nicht!"

Das erste Mal während des Telefonants ließ Stephan eine Art Lacher hören, wurde aber gleich wieder ernst und fragte wohin er denn nun fahren sollte und wann.

Marcus sagte ihm den Namen des Dorfes, beschrieb die Zugverbindung, die genaue Lage der Berghütte, versprach ihm die Fahrtkosten irgendwann einmal zu erstatten und bat ihn möglichst bald zu kommen.

„Ich weiß nicht, wie lange es dauern wird alles zu arrangieren, inklusive einer plausiblen Ausrede für meine Angehörigen, aber ich denke ein oder zwei Wochen sicherlich!" Stephans Stimme klang jetzt wieder in seinem alten enthusiastischen, planenden Tonfall.

„Kein Problem, Hauptsache du kommst!" antworte Marcus.

Beide verabschiedeten sich wenigstens voneinander und Marcus legte mit einem explodierenden Gefühl eines rauschenden Triumphs den Hörer auf. Er sprang aus der Telefonzelle.

„Stephan kommt! Die einsame Zweisamkeit wird um ihrer eigenen Entwicklung und Veredelung wegen erweitert werden!" hämmerte es durch sein Kopf, als er kindlich zu dem Rad trollte, um zur Hütte zurück zu fahren.

Kapitel VIII

Das nächste Glas zerstob in tausend Scherben.

„Ich hasse dich!" schrie Freya unter verquollenen Augen, tränenbenetzten Wangen Marcus entgegen.

Er hatte sie am folgenden Tag in seinen Plan bezüglich Stephans Besuch eingeweiht, als sie während einer Aufnahmepause bei einem Mangosaft in der Küche saßen.

„Sag ihm sofort ab!"

Marcus versuchte sie zu trösten, doch unnahbar schlug sie seine Hand fort.

„Ich hab ihm doch bereits den Ort gesagt! Er weiß sowieso wo wir sind! Freya, ich-"

„Wie kannst du mir das antun?" unterbrach sie wimmernd. „Mich so zu betrügen!"

Hätte Marcus mit Chiara Sex gehabt, hätte er das schlechte Gewissen des Betrügens gehabt, doch dass die Verabredung mit seinem besten

Freund ein Betrug sein sollte erklärte sich ihm nicht.

„Wir hatten uns auf eine völlige Zurückgezogenheit und eine gänzliche Trennung von unseren alten Leben geeinigt!" Sie weinte.

„Freya, nun beruhige dich bitte! Sieh das doch mal realistisch!" stammelte Marcus.

Freya rutschte auf dem Stuhl nieder. Ihr rasender Wuttraueranfall, der zwei Gläsern die Existenz gekostet hatte, war so schnell fort, wie er gekommen war.

Ihr Kopf sank in ihre Handflächen und sie schluchzte heftig zitternd.

Am Abend wollte Marcus mit einem Buch ins Bett gehen, doch Freya, die dort schon lag, blickte ihn nur mit ihren geröteten Augen an und zeigte auf die Tür. Marcus wollte sich nun auch verletzt erst entsetzen, doch dann entschied er sich für Verständnis und Güte, oder zumindest das, was er dafür hielt und legte sich auf die Couch in der Wohnküche.

Der nächste Tag war noch immer spätsommerlich warm, doch die Stimmung in der kleinen Hütte war eisig.

Die Küchenuhr zeigte sechs Minuten nach elf Uhr, als Marcus mit seinem Kaffee aus dem Raum ins Studio ging. Mit dem Blick aus dem Fenster griff er seine Gitarre, nachdem er die Tasse ans selbige gestellt hatte. Ohne weitere Schnörkel nahm er ein Lied auf und sang dazu. Mollakkorde, verlorene Septimen, ab und an zerschnittene (das heißt: verminderte) Quinten. Sein Kehlkopf regte sich verwundet im Lauf der schwachgeborenen Melodie, die er sang. Der Text strömte unbewusst aus ihm heraus.

Der Song war das Resultat der vergangenen Stunden.

Marcus kam sich nun doch klar als Verräter vor, doch so ungnädig bestraft zu werden, hatte er nicht erwartet. Alle Hoffnung auf irgendetwas Positives aus dieser gesamten Situation schien ihm verloren.

Das Erkennen, dass Kunst von außen rezipiert werden musste, welches er auf seiner Wanderung erfahren hatte, kam ihm falsifiziert, lächerlich und zertreten vor.

Und doch konnte der Song den Marcus aufnahm nicht melancholisch oder resigniert klingen.

Melancholie ist eine Empfindung der tiefen Umspültheit. Resignation ein Gefühl der zupackenden

Gefasstheit und Gleichsinnigkeit. Doch weder die eine noch die andere Emotion traf ihn. Er war betäubt. Flach und schal fühlte sich alles an. Nicht durchtränkt, nicht gleichgültig lag das Leben an seiner Seele – nein, nur schmerzhaft und doch ungreifbar entfernt, unwirklich und seicht.

Aufrichtigkeit war stets eine Handlungsmaxime von Marcus gewesen, doch fühlte er sich durch sie an diesem Tag bestraft. Doch vielleicht hatte er ja schon vorher versagt, als er von der Maxime abgewichen war.

Marcus' Plektron riss aufschlägerisch die G-Saite an, die Finger der linken Hand gaben ein kurzes Vibrato, als der Akkord weiter arpeggiert wurde.

Er hauchte den letzten Gesangspart und ließ das Sustain der E-Gitarre ausklingen. Kopf und Schultern waren eingesunken. In diesem Moment war er gebrochen.

Heute hatte er Freya noch nicht gesehen, er war nur nach schlechtem Schlaf von der Couch aufgestanden, hatte sich unter die wärmende Dusche gestellt und blickte nun nach der Aufnahme des schnell halb komponierten, halb improvisierten Liedes, auf seinen dampfenden Kaffeepott.

„Dat is' schön!" sprach die weibliche Stimme hinter ihm. Leise, nordisch.

Erschrocken wandte er sich um und erblickte die Genossin im Bademantel mit verschränkten Armen dastehend. Freyas Haltung war abweisend, doch ihre Augen sprachen flehend von Vergebung.

Marcus bemerkte dies sofort, doch da schlug seine Dumpfheit in Zorn um, kurz und flackernd. Es sperrte sich in ihm innerlich die schon jetzt unausgesprochene Entschuldigung anzunehmen.

Jedoch im letzten Moment – kurz vor dem Abwenden – gewannen doch noch Marcus' Einsicht und Güte die Oberhand.

Aus Marcus' altem Leben traten da Worte der Entschärfung hervor, altbekannt, folkloristisch und sogar von einem Patrioten damals geschrieben, der einen Führer begrüßt hatte und von Marcus, dem Antifaschisten, gesprochen:

„Mötst di nich argern, hett keinen Wiert.
Mötst di blot wunnern, wat all passiert."

Er lächelte nun.

Im großen Gegenklang zur mächtigen und allgegenwärtigen englischen Sprache, die Marcus studiert hatte und der offenen Universitätsstadt, welche zwar hanseatisch war, doch eben internationalisiert, war die niederdeutsche Sprache ein lange verdunkeltes Idiom familiärer und kindlicher bis jugendlicher Erinnerung für Marcus.

In dieser Situation des Exils jedoch, zeigte diese Sprache deutlich einmal mehr ihr merkwürdiges Wesen, indem sie fast an ordinärer Grobheit vorbeischleifend, die größte menschliche Wärme und Herzlichkeit und Trefflichkeit in ausgesprochenen und verschwiegenen Zuschreibungen, völlig mühelos mitführte. Diese Sprache ist ein Koloss an Bedeutungsmöglichkeiten, Bildhaftigkeiten, Humandeskriptionen und nur sehr wenige Menschen steht dies ins Bewusstsein geschrieben. Ein Schatz, dessen Vergessenwerden noch nicht abgewandt ist.

Freyas blaue Tiefaugen starrten statueenhaft erstaunt, dann blitzten sie, funkelten und loderten feurig. Ihre Zähne zeigten sich im Lachen, als sie den Vers ergänzend vollendete:

„Mötst ümmer denken, de Welt is nich klauk.
Jeder hett Grappen, du hest se ok!“

Flapsig und doch unendlich zart.

Hatten Freya und Marcus die norddeutsche Attitüde stark und selbstbewusst in ihrer Hochsprache integriert, so war dies jedoch die eigentliche

Sprache ihres Menschenwesens und hätte selbstredend die Muttersprache der beiden jungen Menschen sein sollen, was sie aber doch nicht war und schon nicht mehr die ihrer Eltern gewesen war.

Die Spannung war gelockert, aber nicht aufgelöst. Marcus fühlte die gläserne Verletzbarkeit zwischen ihm und Freya deutlich und omnipräsent während der nächsten paar Tage, die zeitlos vergingen, in der Bemühung von Beiden nicht wieder das Verhältnis zu belasten.

Nun doch zu dieser Sachtheit des Umgangs kam jetzt aber die ungewisse Angst vor der Zukunft, die nun unter einem neuen Vorzeichen stand.

So kam es, dass nach anderthalb Wochen dieser schüchternen aber kühlen Rücksicht an einem regnerisch-nebeligen Donnerstagabend die Lesestille der Hütte von einem eher dezenten Klopfen an der Eingangstür unterbrochen wurde.

Marcus, erschrocken, bat Freya aufzumachen. Vor dem Häuschen stand mit wirrem halblangen Haar, Vollbart Stephan, der Rücken, atlashaft, trug einen gewaltigen Reiserucksack.

„Moin Stephan!" Freyas Stimme glich einem rostigen Scharnier.

Stephan, selber nicht euphorisch, nickte knapp und sagte:

„Hallo Freya... hießt du ja! Darf ich reinkommen... bitte? Ich möchte zu Marcus!"

Wie gern Freya die Tür zugeschlagen hätte, hätte sie selbst nicht zu antworten vermocht, doch nach zwei zähen Sekunden des stillen Anstarrens, trat sie beiseite und ließ Marcus' Freund in die Hütte treten.

Marcus, der gehört hatte, dass der Besuch weder Polizei noch sonst wer Unliebsames war, kam in den Korridor und blickte seinem Künstlerbruder in die Augen.

„Stephan..." flüsternd umarmte er seinen Freund, nahm ihm die Titanenlast ab und zeigt ihm die kleine Hütte.

Nachdem Stephan sich etwas angekommen war und bei einem Getränk auf der Couch saß bestürmte Marcus ihn unsinnig, nervös und freudig mit Fragen.

Stephan jedoch blieb verhalten antwortete wenig und wenn dann knapp, schaute dabei ernst.

Am späten Abendbrotstisch bat Stephan nach Marcus' Kochen sich zu dritt in die Wohnstube beim Wein zusammenzusetzen.

Eigentlich bat er nur Freya dezidiert hinzu, denn diese hatte sich seit seiner Ankunft ganz zurückgezogen.

Marcus hatte ihr Verhalten kaum bemerkt, er war der einzige der Drei, der enthusiastisch vor Freude sprühte, lachte und quasselte. Alles in der Glücklichkeit, seinem Freund wieder Worte direkt ins Angesicht sagen zu können.

Stephan nahm also eine halbe Stunde später seinen ersten großen Hieb Wein aus einem bauchigen Glas.

„Ich will mit euch endlich reden. Über die Sache, die ihr hier eigentlich macht!" begann er.

Freya konterte sofort: „Was wir hier machen, geht dich letztendlich überhaupt nichts an!"

„Und ob es mich was angeht! Es geht allen Leuten etwas an, die mit euch zu tun haben!" antwortete Stephan ruhig.

Marcus blickte nervös und betreten von Stephan zu Freya und zurück. Er fühlte sich schrecklich unzugehörig und dann doch wieder beiden so verbunden. Ein junger Schüler, der eine Unterredung über seine Schandtaten zwischen Lehrer und Elternteil mitanhört.

„Alle Leute machen sich große Sorgen um euch! Ihr könnt doch nicht so einfach abhauen!" Stephan sprach jetzt diplomatisch bestimmt.

„Wir haben einen Entschluss gefasst und sind erwachsene Menschen, die tun und lassen können, wonach ihnen der Sinn steht." Freya versuchte es gleichsam so verdorrt wie nur möglich.

„Wir... wir wollten konkret weg... von... Allem!" schob Marcus erbärmlich hinterher.

Er war fernab von jeglichem Anschluss in dem Gespräch. Seine Rücksicht und Zuneigung gegenüber beiden geliebten Menschen ließen ihm von vornherein keine Wahl für eine der Parteien.

„Auch Gesa macht sich sehr, sehr große Sorgen und lebt in Kummer wegen dir, Freya!" sagte Stephan ohne Marcus zu beachten.

Freya zuckte zusammen – das war ein Treffer.

„Gesa..." stammelte sie kaum hörbar, fasste sich jedoch augenblicklich: „Mir geht es gut und Marcus auch! Wir hatten zwar Streit, weil er dich einfach hierher geholt hat, aber der Streit ist vorrüber!"

Demonstrativ stellte sie ihr leeres Weinglas auf den Tisch und griff Marcus' Hand.

Dieser spürte unter dem harten Schutz ihrer Worte plötzlich, wie stark verletzt und dennoch liebend Freya war. Ein ekelhaftes Schuldbrennen entflammte sofort in seinem Bauch und Beklemmung drückte auf seinen Brustkorb. Er musste allein der Ehrlichkeit halber Freya beistehen:

„Ich hab dich in erster Linie geholt, um die künstlerischen Eindrücke hier mit dir teilen zu können und um die herrliche, zu vollkommende Zweisamkeit ein wenig zu lockern!" bedachte er jetzt die Runde gefestigt.

Freya blickte ihn stechend an und hauchte knarrig: „Zu vollkommen?"

Stephan ließ Marcus keine Zeit zum Antworten:

„Ihr müsst doch einsehen, dass das hier ein schönes aber unsinniges Unterfangen ist! Ein romantischer Traum! Ihr haltet euch nicht wirklich legal hier auf! Freya, deine Eltern fragen sich sicher auch irgendwann, wo du bist und werden an diese Hütte denken! Marcus sagte mir bereits am Telefon, dass sie deinen Eltern gehört. Und er hat mir auch gesagt, du finanzierst das ganze Leben hier! Egal, wie viel Geld du noch hast – ewig könnt ihr doch nich so weiter machen! Ich weiß doch, was das Leben in der Schweiz kostet!"

Freya zog entschlossen ihr zweites Glas Rotwein leer, eine einzelne Träne, die nur Marcus bemerkt hatte, stand auf ihrer Wange und jene Träne wollte gar nicht recht zu ihrem grimmigen Gesichtsausdruck passen.

„Das mag alles so sein, doch wer sagt, dass wir ewig so weiterleben wollen? Und nichtsdestotrotz ist all dies, was du sagst, kein Grund unsere Entscheidungen zu zertrümmern, unsere Entschlüsse zu untergraben, nur damit irgendwelchen scheiß-bourgeoisen Konventionen Genüge getan wird!"

„Es geht hier doch nich' um Konventionen! Es geht um eure Freunde und die Leute, die euch lieben!" Stephan klang traurig.

Marcus war müde des Hasses. Er fühlte mit Stephan und hatte Angst um Freya. So griff er noch ihre zweite Hand, blickte dann Stephan an und sprach gesetzt:

„Stephan, ich brauche dich hier als meinen Genossen. Du hast deiner eingebläuten Moralität Genüge getan! Es wird sich hier etwas ändern!" Bei diesen Worten blickte er in Freyas schimmernde Augen, die sich zu ihm gewandt und in denen erste Tränen aus Seelenstiefe standen.

„Doch all das muss und wird etwas sein," fuhr Marcus fort, „dass Freya und ich völlig übereinstimmend wählen werden! Vorerst solltest du dein eigentliches Wesen nicht erwürgen und hier sein, weil du Teilhabe am jetzigen Leben haben musst!

Weil ich dich als mein Freund von ganzem Herzen darum bitte!"

Stephan stellte lauter als davor sein Weinglas auf den Tisch und blickte direkt in Marcus' Gesicht:

„Du weißt gar nicht, was du von mir verlangst!" Seine Stimme war müde.

„Doch, das weiß ich!" antwortete Marcus. „Außerdem wiederholst du dich!" Härte klang jetzt in Marcus.

Stephan seufzte, rieb sich die Augen, schenkte sich Wein nach (den Rest der Flasche), trank und antwortete schließlich in die Stille des Raumes:

„Nun gut! Ich will ein paar Tage hier bleiben und dir, Marcus, als Freund beistehen. Aber nach dieser Pause möchte ich von euch, dass ihr euch den Menschen stellt, denen ihr etwas bedeutet. Danach könnt ihr tun und lassen was ihr wollt! In Ordnung?"

Die Stille quoll erneut auf in dem Zimmer, drückend, erstickend.

Marcus blickte in Freyas kaum merklich tränenglänzendes Gesicht. Sie sah ihn an, doch zeigte keine Antwort.

Er aber sah keine andere Wahl, nickte und sagte: „In Ordnung!"

Marcus erwachte am nächsten Tag spät. Er hatte wieder an der Seite Freyas geschlafen, Stephan hatte seine Schlafstätte auf der Couch der Wohnküche bekommen. Obwohl Marcus nur eine einzige Nacht des Streites nicht bei Freya geschlafen hatte, fühlte er sich schon wie der heimgekehrte Liebhaber, während er wieder bei ihr schlief.

Nur einen leisen Kuss auf die Lippen hatte Marcus empfangen zum Einschlafen, dennoch war er erleichtert in die Kissen gesunken, trotz des unerbitterlichen Risses in seinem neuen Leben, den Stephan mit scharfer Rationalität gefügt hatte.

Kein Traum, keine Umhüllung hatte ihn getragen, so erwachte Marcus mit dem Gefühl nur kurz die Augen geschlossen zu haben.

Freyas Bettplatz war verwaist und fast ausgekühlt.

Er erhob sich leise keuchend, betrat die Wohnküche wobei er an der geschlossenen Badezimmertür vorbei kam, hinter der er die Dusche sanft rauschen hörte.

Stephan saß mit dem kleinen Netbook am Tische und hörte über Kopfhörer ein Lied, das Freya und Marcus vor einigen Wochen aufgenommen hatten.

Marcus erkannte sofort aus den Kopfhörern gedämpft seine eigenen Klarinettenklänge: beißend und schmeichelnd in den warmen Raum strömend und fragte brechend laut:

„Gefällt dir das Lied, Stephan?"

Dieser blickte lächelnd aber etwas erschrocken auf und antwortete fast schreiend unter der lauten Musik: „Ja schon! Doch was hat der kryptische Text zu bedeuten?"

Marcus deutete auf seine Ohren. Endlich setzte Stephan die Kopfhörer ab.

„Im Strahlenweg liegt die unbenutzte Reinheit. Jung und glatt glimmt sie mild. Bunte Ringe, die alten Rahmen, im schwachen Leben für tausend Jahre ewiger Erkenntnis. Sieh! So matt bestreute Ringe! Sind sie nicht Nahrung aller unserer lachend bereiten Seelen? Der wahre Stern vergisst sich golden winkend unter dem Spitzhutkirchturmdach. Alle Verwechselung lebt erhaben in uns weiter. Die Bühnen der gefälschten Mördermoral zerreißen für uns die Münze und dich! Sagte ich Tausend? Ich meinte nichts! Die falschen Sterne begleiten noch gute Ringe, so weiß Alles genug und nichts."

„Was soll das bedeuten?"

Marcus lachte: „Na, was glaubst du, Dichter?"

„Nahezu nichts! Dichter... du warst dicht, ja!" antwortete Stephan und nahm einen Schluck Tee.

„Du weißt doch genau, dass der schleiermacherische, gepredigte Kunstmord mit der Garotte der manischen Interpretation unsereins, gottlob, falsch geworden ist!"

Stephan hustete etwas in seine Tasse:

„Gleich mit 'ner Genickschraube daherzukommen ist aber auch reichlich zynisch!" Dennoch grinste er.

Marcus und Stephan frühstückten. Freya war bald hinzugekommen. Es war zwar eine deutliche Reserviertheit zwischen ihr und Stephan zu bemerken, doch die blitzgeschlagene, unüberwindbare Kluft schien etwas gemindert.

Marcus hatte die geringe Annäherung wohl gemerkt und stand, nachdem alle ihr spätes Frühstück beendet hatten, lächelnd auf und sagte:

„Der Deichkuss bringt dem frischen Koog neue Art von Leben. Was dem Salzigen zugetan war, wird sich zum blühenden wandeln! Kooge gibt's nun hier nicht... doch Salz kristallisiert auf den

Wangen um danach blühenden Grund zu hinterlassen.“

Freya war von solchen Kommentaren sichtlich
genervt und erwiderte starr und trocken:

„Du scheinst ja ein heftig zerrendes lyrisches
Output heute auszuspucken! Spuck’ deine Zettel
an, aber nicht mich!“

Sie ging vom Tisch fort in das Schlafzimmer,
konnte sich aber auch ein Lächeln dann doch
nicht verkneifen, denn letztendlich war ihr Konter
ja doch Satire und Anerkennung zu Marcus’ Wort-
bildern.

„Diese Frau liebst du?“ fragte Stephan nach einigen Sekunden genauso in den schalen Raum
hinein.

„Ja, sehr! Mit Irrsinn und aller Tiefe und aller
Musik und allem Begehren!“ gab Marcus zur Antwort.

„Nun…“ Stephan lächelte, „dann wird es wohl
gerechtfertigt sein!“

Die beiden Freunde beschlossen etwas in den
Bergen spazieren zu gehen.

Freya lehnte kühl ab mitzukommen und so zogen Stephan und Marcus hinaus in das letzte
Grün.

Jenes Grün des Grases und der Wälder jauchzte tanzend gegen den blauen Himmel an, in welchem einige wüst und verkatert aussehende zerfetzte Cirruswolken schliefen.

Diese versprühten Wellen der Wolken schlugen schwappend weit in die Ländereien.

Nach vielleicht einer halben Stunde Getrappels setzten sich Marcus und Stephan in eine Wiese. Noch war Kraft und Leuchen in ihr, doch es waren ihre letzten Tage.

Der knochenzerstaubende Herbst lag zärtlich melancholisch doch auch wütig und selbstmasturbatorisch auf der Lauer, um die Buntheit mit dem Frieren zu bringen.

Stephans Kopf wand sich im Bergbeschauen: „Hier is' es ausnehmend schön!"

„Ja... hier... hier ist alles sinnig und berührend, aber doch auch fern und eine gewisse Unnahbarkeit ruht allem inne. Gerade für uns von der Waterkant." antwortete Marcus sanft.

„Wahlwaterkantler!" korrigierte Stephan.

„Zumindest Niederdeutsche." schob Marcus nach.

„Ach, fang' doch nich' wieder damit an!" bat Stephan.

Also schwiegen sie eine Weile, bis Marcus nachsetzte:

„Es ist die Schweiz, Digger! Nur recht, dass sie auf uns Hohlköppe schimpfen! Haben nix geleistet, außer ihre Trottoirs vollzupissen!"

Stephan lachte: „Wat?"

„Na, ich mein' – die Distanziertheit ist Fluch und Segen zugleich. Beinhaltet Lob und Tadel in sich. Vor einer Front von Gewalt und hassendem Wahnsinn, den es wohl nie zuvor so gegeben hat, die Augen zu verschließen und sogar noch gut damit abzukassieren, erscheint mir verwerflich und auch … schuldig!"

Stephan nickte, jetzt hatte er verstanden.

„Einem Dualmord dennoch gegen bereitenden Krieg, die kalte Schulter zu zeigen, halte ich, wie bei jedem ander'n Krieg eigentlich auch, für richtig und mutig." fuhr Marcus fort.

„Die Schweiz ist ein Inbegriff für das Neutrale und doch verstehe ich, dass du das Neutrale selbst gut und skeptisch siehst." erklärte sich Stephan leise selbst, nach einigen Sekunden.

„Und auch die direkte Demokratie ist erstrebenswert und birgt die Gefahr des rassistischen Mobs, der unversehens barbarische Macht bekommt und sein xenophobes Bürgerparadies bequem und mit guten Gewissens demokratisch legitimiert hat." fuhr Stephan fort.

„Ja... Du hast Recht!" Marcus war beeindruckt und schwieg eine Weile. Dann hub er wieder an:

„Und dennoch..." seine Stimme stockte ohne erkennbaren Grund, „ist dieses Land viel mehr!"

„Kommst du mit Klischees?" grinste Stephan nun.

„Sind das nicht Beweise?" lachte Marcus zurück.

„Nein, mal im Ernst – " begann Marcus, diesmal Stephan anblickend, „Schokolade ist der gütigere Alkohol. Ähnlich wie Koffein. Zusammen sind sie der moderne kapitalistische Ansporner. New-Yorker-Skyline-Büros duften von ihnen und die Schokoladenflecken treffen das kapitalisierte und kapitalisierende Papier."

Stephan nickte zur Zustimmung und spornte ihn an: „Erzähl weiter!"

„Zu Messern und Uhren gibt's wohl nich' viel zu sagen, wa'?" fragte Marcus.

„Wohl kaum... Gut und altbewährt... aber Klischee, Mann! Stimmt schon!"

„Schließlich – um abzukürzen-"

„Was 'n?"

„Junge, is' Musik der Gehirnschlach der Seelig-keit?" holperte Marcus.

„Ja, ist sie!"

„Na, denn!" nun flüsterte Marcus fast, „Das Jo-deln!"

„Das Jodeln?" Stephan hatte mit etwas Spekta-kulärerem gerechnet.

„Na klar, Digger! Was denn sonst? Das Jodeln hat mir erst von gesanglicher Virtuosität erzählt."

„Das Jodeln is' aber nich' nur typisch schweize-risch!" bemerkte Stephan.

„Richtig, aber es schlägt dir am härtesten in dein verletztes idiotisches Flüchtergemüt, wenn du die Gnade der einzigartigen Freiheit hier ken-nengelernt hast!" antwortete Marcus.

„Das glaube ich gern', aber zu welchem Preis ist das hier die Freiheit? Du hast doch nur Glück, mit dem wo du her kommst und was du als Mut-tersprache sprichst!" traf Stephan.

Marcus nickte traurig: „Du glaubst wohl, dass ich das nicht weiß, ja?"

„Doch. Nun gut, erkläre dich doch noch zum Jo-deln!" bat Stephan versöhnlicher und griff seinen Skizzenblock und einen Bleistift aus seiner Ta-sche.

Marcus fing an vom Singen im Registertanz und -toben zu reden. Stephan zeichnete vor der postkartenhaften Bergsilhouette den Kopf und die Schultern seines Freundes.

Dieser redete chaotisch von Begegnungen mit der Gesangstechnik: eine Lebenslustaufnahme aus Marcus' Geburtsjahr, die freundliche Jodlerin mit den Haaren, die sanft über die Schultern fielen. Frieden in Augen und Hirnwindungen der Rezipierenden geschmiegt. Strophen auf bairisch oder schweizerdeutsch gesungen und für Marcus nicht oder kaum zu verstehen. Doch er schwitze im Erkennen: das Deutsch ist der Zufall in abertausend Tälern. So hässlich und schön wie man es dehnen kann. Doch hinter seiner Muttersprache liegen Milliarden Täler in denen noch viel mehr Blumen blühen, oder?

Gleichsam würgte es in ihm böse: Schlagerkadenzen kapitalisiert, gähnend seit Jahrzehnten hervor gekrochen, Sexismus und vielerlei weiteres Menschenfeindliches.

Die Volkskunst, so sprach Marcus, wird auf Ewigkeit die eigentliche, gänzlich autarke Kunst bestimmen. Was das letztendlich nun sei wusste er aber auch nicht. Aber er wusste, dass das Geld jegliche Ehrlichkeit Sekunden nach seiner Erfindung bereits gänzlich eingebüßt hatte und seine Unschuld im Moment seiner Ermächtigung.

So hatte die Volkskunst zigfach zertreten und verweint gelegen oder sich zigfach im lügnerischen Brustschwellen nach den Freunden umgesehen, die ihr fortgelaufen waren.

Die schwarz-staubige Abriebmasse von Stephans Bleistift hatte sich lobend in die Fasern des rauen, grobgewundenen Zeichenkartons eingefunden.

„Soll ich das sein?" fragte Marcus aufschreckend. Er erkannte sich sofort wieder, fast wie auf einem Schwarz-Weiß-Foto.

„Nein, das ist Freya! Sieht man doch!" antwortete Stephan.

Marcus reagierte nicht auf die Ironie und sah genauer hin. Zugleich sanft und unabdingbar sah er die visuell postulierte Wirklichkeit in der Hand seines Freundes. Marcus' aquiline Nase, die er nicht mochte, stach aus dem gezeichneten Halbprofil heraus. Seine langen Locken umflossen seine Büste, seine kalten Augen hatten den schnackenden Blick auf die benachbarten Berge geheftet und die im Bart gerahmten blassen Lippen redeten noch im Bild weiter.

Das wirre, nervtötende Gerede von Marcus war zerlaufen. Glücklich lehnte er seinen Kopf zurück und ließ die Sonne sein Gesicht mit ihren letzten Strahlen streicheln.

„Beeindruckendes Gesabbel!" lobte Stephan zwischen Ehrlichkeit nun und Zynik weiter.

„Nur beißt sich die niederdeutsche Art für gewöhnlich doch mit dem Jodeln!" fuhr er fort.

Marcus öffnete die Augen, sah ihn an und antwortete grienend: „Wenn ich könnte, würde ich plattdeutsche Songs mit Jodlern aufnehmen!"

„Ich weiß nicht, ob das ein Segen oder schrecklicher Fluch für die Welt wäre!"

„Wahrscheinlich beides, du Idiot!"

Beide grinsten.

„Gib mir nochmal in Ruhe dein Bild!" bat Marcus.

„Is' nicht so gut geworden!" brummte Stephan.

„Deine falsche Scheißbescheidenheit kenn ich! Gib her!"

Der kontrastierte Glanz eines festgehaltenen Moments berührte deutlich Marcus' Netzhaut.

„Es ist perfekt!" sagte Marcus klischeehaft betroffen.

Stephan grinste scheel und die beiden gingen schließlich zurück in die Hütte.

Sie kochten mit Freya zusammen Mittag und nach dem Essen hörte Stephan weitere Songs von Freya und Marcus an, die er allesamt sehr lobend aufnahm.

Gegen sechzehn Uhr stand Stephan schließlich selber im Studio.

Freya hatte auf einmal erstaunlich gute Laune, sie hatte sogar die Jam vorgeschlagen.

Stephan konnte sehr versiert Bassgitarre spielen und auch etwas Tasteninstrumente.

Er setzte sich also vor den Synthesizer. Freya drehte an den Reglern der Drummachine mit ihren grazilen Fingern der rechten Hand, während sie hauchend in das Mikrophon falsettierte und dabei ihre schöne Violine mit dem Bogen unbenutzt in der Linken an ihre Brüste drückte.

Der zerbrechlich zitternde Beat umschlug Marcus und großkotzig kotzend stach er die Töne auf seiner verzerrten E-Gitarre dazwischen. Aber nur drei lange Töne, dann legte er seine schwitzende und zitternde Hand auf die Saiten und sang beihelfend in Freyas Stimme hinein.

Dem alten, alten Bluesklischee entsprechend sang er in das Mikrophon, dass alle doch nur arme Sünderinnen und Sünder waren und hielt er auch sonst wenig von lamentierender Religiosität, so empfand er die Worte in diesem Moment als die ehrlichsten Worte seit langer Zeit, ohne Heuchelei und falsche Frömmigkeit.

Er schloss schon im halben Weinen seine Augenlider. Tausende Sekundensplitter zogen vor seinem Auge vorbei:

Die vergangenen Wochen; die Liebe zwischen Freya und ihm; die Musik, die alles Leben immer unerklärlich anpackte; die Literatur als bekränzende Gewaltigkeit; aber auch das hohle Saufen – Bier, Wein, Schnaps: die älteste Geschichte, wenn die Leber im Morgenlicht kreischt; eine Wanderung der Freiheit – Leben und Alltag fremder Menschen, die nicht einmal in großartig fremder Kultur lebten und Chiara mittendrin; schließlich sah er in Gedanken seine eigene unendlich zerspannte Einsamkeit; das vollbärtige Gesicht von Stephan vor der schweizerischen Bergsilhouette – die Schweiz als Ort der Hoffnung und Autonomie generell, doch die Autonomie und Hoffnung war nicht ohne Bitterkeit, wenn er den Hass um sich schlagen fühlte, sah und hörte, weil seine Papiere eine andere Lüge logen, als die Lüge der Papiere der Schweiz.

Und Deutschland? Ach, hör auf!!! Heinrich Heine hatte schon längst all das unübertrefflich präzise verfasst, was nur noch erhaben ob der literarischen Köstlichkeit, in Marcus' Seele nachhallte. Erhaben, da er entfernt von der imaginären Grenze erkannte, wie gefesselt seine Iris schon im jungen, kalt-blauen blickte – und dies seit Jahren. Nein, Deutschland auf keinen Fall – das ging nicht und war ja auch nie gegangen!

„Und alles voller armer Sünder!" resümierte Marcus in das Mikrophon. Freyas Stimme pochte springend, triolisch, gänzlich glatt. Stephan warf archaische und äonische Blasen von Klangwolken hinzu und noch halbwegs rechtzeitig entschied sich Marcus für ein Gitarrensolo. Und die dummen Gedanken Marcus' ebbten nicht ab:

Skylla und Charybdis – nur zwei Ungeheuer von sechs, als die Saiten sich bewegten. Sie wandten sich, um sich zu befreien und vermochten es doch nicht. Gefesselt an ihre See, wie an Wirbel und Steg.

Die nächsten zwei Tage waren geprägt von den losgelösten Emotionen. Schaffenskraft war der Luft beigemengt und alle in der Berghütte mussten sie atmen.

Stephan und Marcus gingen vormittags spazieren. Wie alte Männer in bürgerlicher Tradition und angekommen in der Fülle des Alltags, der behauptete das eigenständige Sein zu sein. Am Nachmittag musizierten die beiden Freunde. Freya kam einmal zu einem Spaziergang mit, sonst blieb sie in der Hütte und distanzierte sich.

Die improvisierten Songs wurden, wie alle anderen auch, aufgezeichnet und niemand wusste weiterhin, wem sie neben den dreien als Hörerlebnis dienen sollten.

Der vierte Tag seit der abendlichen Ankunft Stephans war ins Land gezogen und die beiden Freunde saßen nach einem gemeinsamen Mittagessen in einer weiteren, restgrünen, herrlich gesprenkelten Bergwiese. Freya war in der Hütte geblieben um zu lesen. Die allgemeine Euphorie, besonders Marcus', hatte sich beruhigt und war in ein zufriedenes Glücklichsein umgeschlagen.

Auch Stephan konnte sich nicht selbst verleugnen, trotz all seiner moralischen Bedenken und rationalen Gründe wider des Eskapismus', dass er die Zeit gänzlich genoss. Schon lange hatte er nicht mehr so abgekoppelt vom zermürbenden Stress des täglich repetitiven Lebens gelegen. Zeitlos den Stift zeichnen lassen, himmelsblickend, erzählend träumen und sich der Musik hingeben, ohne Scham und Reue: eintauchen in ihr immer wieder neues Wesen und sich von ihr nähren lassen.

„Wollen wir etwas weitergehen, statt nur hier rumzusitzen?" fragte Marcus seinen Freund schließlich. Stephan willigte ein. Die beiden Freunde erhoben sich langsam. Sie gingen nur wenige Meter, als ihnen plötzlich ein angenehmer Geruch in die Nasen fuhr. Eine zarte frisch würzige Note aus Zimt und etwas fein säuerlich Limettenhaftes.

Stephan blickte um sich und entdeckte einige Dezimeter vor sich in einer umschatteten Senke, gekühlt von einem kleinen Tannenhain, eine Pflanze, die den Duft verströmte.

Das Gewächs erinnerte zwar an eine Blume, da es Blüten von verletzlichem Stiefmütterchenblau trug, aber es hatte auch einen krautigen Gemüsestengel. In einem fast unnatürlichen satten Grün stand die Pflanze da, mit einem breiten Blattwerk am Fuß und oben einem Blütenkopf, aus dem ein mattschwarzer Stempel wie von einem Hibiskus herausschaute.

„Oah, das riecht gut!" sagte Marcus speichelnd und streckte sich zu dem Gewächs.

„Ja! Sie duftet köstlich!" pflichtete Stephan bei und er roch an der Blüte, ohne dass einer der Freunde wusste, wann er so dicht zur Pflanze heran getreten war.

Das ganze Kraut schmeckte nur nach dem Regen- oder Wurzelwasser. Zumindest glaubte Marcus das, doch wahrscheinlich schmeckte es nach gar nichts. Er schluckte den Rest des frischen Blumenkrauts herunter. Wie er doch die Sonne vermisste!

Er lag wieder in den Strahlen des Spätsommers, sein Freund neben ihn.

Die Wiese vor ihm warf sich herüber in den Schlund der Welt, der Zeit.
Die Berge grau, schneeig. Spitzen, die das Laken des Himmels herausforderten. Noch immer fiel die Wiese rollend nach vorne.

Marcus' Blick und seine Gedanken waren scharf, doch zerstoben letztere immer wieder nach Millisekunden und setzten sich wieder neu zusammen. Jedes dieser winzigen Zeitfragmente nahm er absolut auf, doch keines konnte in seinem Aufmerksamkeitsfokus bleiben, wenn ein anderes kam. Die Wiese fiel, doch Marcus wusste wohin sie fiel. Sie fiel nach seinem Willen.

Die See lag vor ihm und die blauen, grünen, weißen, grauen, schwarzen Wellen warfen sich ihm entgegen, wie eine stürmische Umarmende. Strandsand – Tang betupft wie die Wiese es an Blumen war. Die Schiffe nahe der Horizontlinie pflügten sich haltend durch das Haltlose. Unter ihnen ist das Menschsein zuende! Doch Marcus war ja am Strand! Er sah unbefangen die Möwen grellweiß glühend vorbeisausen. Grazil, elegant, leicht fliegend mit den blankbösen bist zartgütigen Augen. Die Watschelfüße streng angelegt, fast unsichtbar an den Körper gedrückt und im Gefieder behütet. Kein Flügelschlag zuviel! Die Schwingen glichen geschmiedeten Traginseln. Die Schreie dieser Tiere hörte er glücklich.

„Dieses niederdeutsche Scheißklischee!" lachte er glucksend und vergaß was er noch eben gesehen hatte. Doch noch war sein Verstand rasiermesserscharf.

„Da kommt Stephan all die vielen hundert Kilometer zu dir nach Süden gefahren! Für Musik? Gerne! Für eine Schulmeisterei? Nun soll er doch! Für das Malen? Gott sei's gedankt, wurd' ja auch Zeit! Manische Verrücktheit? Alles entschuldbar!

Zum Wiesenliegen? Nicht der Idealfall, aber wenigstens umstandsbedingt... Doch zum Essen, Trinken, Schlafen und schließlich zum Atmen? Das ist es doch, was enttäuschend ist!"

Marcus entglitt der Gedanke und er war vergessen. Da dachte er schon an die Einsen und Nullen der Kunst, die digitalisiert so in der Festplatte des Laptops in der Hütte warteten.

Die tintenblauen bekritzelten Zettel und Bücher stellten sich gleich blödäugig daneben.

„Was soll das denn eigentlich sein? Und überhaupt erst einmal werden? Gib dem Löwen das wehrlose Fleisch in der Arena und man wird ihn gewaltig und blutrünstig nennen. Gib dem Löwen Stockschläge im Käfig und niemand wird ihn zäh und duldsam nennen.

So auch die künstlerischen Tätigkeiten Marcus': Stockschlagen unter seiner eignen Hand. Das Tor zur Arena ist zu groß, um es gänzlich zuzusperren. Das Tor vom Käfig aber ist hart und eisig fest verriegelt.

Von der Insel, auf der er plötzlich stand zerrte sich alles zurück und der um ihn brandende Salzschlag der See war verklungen. Marcus lag auf der Wiese. Angekommen. Bergwiesenblumenbergwie-

sen, Städte, Dörfer, Flussseefelder, Grünwiesen
und dahinten:

Tangmöwenfußspurstrandsand, Inselrückkehr-
meerflugstadtlandhügelberggipfelwiesenblumen-
marcusseineliegendean-sicht.

Das Geschleuder wollte sich erneut wiederho-
len.

„Nein! Bitte nicht!" wimmerte Marcus um Gnade.

„Wieso nicht mehr? Keine Freude mehr am
Pendel?" fragte eine dunkle Stimme, so dunkel
wie das Schwarz, das nun Marcus' Blick ausfüllte.

„Wer... wer bist du?" fragte Marcus zittrig. Die
Raserei der Reise mit dem multiplizierten Kaleido-
skop stand ihm noch im Sinn und er ängstigte
sich.

„Ich bin du!" antwortete die Stimme langweilig. Und tatsächlich: Marcus glaubte ein wenig den
Klang seiner eigenen Stimme herauszuhören.

„Ich? W- Was?" Marcus stammelte.

Er hatte das Gefühl tausende Fragen stellen zu
müssen, doch noch bevor er die erste greifen
konnte, fiel ihm nichts mehr ein. Auch den Grund
seines Zitterns, seines Schwindels und seiner
Angst hatte er völlig vergessen.

„Du hast keine andere Frage an mich, wie ich weiß... doch ich habe *dir* etwas zu sagen!" grollte die dunkle Stimme nun.

„So? Was denn?" versuchte es Marcus trotzig und klang dabei höchstens zaghaft.

„Ich wollt' dir nur sagen, dass du ein närrischer Idiot und ein egozentrisches Arschloch bist!" antwortete die Stimme.

„Hääääh? Waaa'? Iiich?" Marcus war dümmlich verwirrt und zusätzlich sehr bemüht nicht sofort wieder zu vergessen, was die Stimme gesagt hatte.

Doch es half alles nichts. Es entglitt doch schon wieder alles seinen Gedanken.

„Marcus!" hörte er die Stimme nun rufen. Deutlicher, eindringlicher und höher. Nun glaubte Marcus präziser und klarer sie zu erkennen.

„Marcus!"

Ja! Er kannte diese Stimme! Aber es war ja gar nicht seine Stimme!

„Marcus!"

Nein... es war... es war... Stephans Stimme! Ja genau: Stephan!

„Marcus, wach auf, Mann!"

Die Scheißwelt wurde hell. Marcus sah im Augenöffnen erst nur schwammige Konturen.

Stephan war über ihn gebeugt und rief ihn an während er ihn etwas schüttelte.

„Boah! Was'n los?" brummte Marcus völlig orientierungs- und zeitlos.

„Wir haben voll verpennt, Alder!"

„Waaaa'? Verpennt?"

„Ja, Mann!" antwortete Stephan, dessen gleichsame Schlaftrunkenheit nicht zu überhören war.

Marcus stützte sich ab, richtete sich auf, rieb sich die verklebten Augen. Nach einigen Sekunden erblickte er die blumenbesprenkelte Bergwiese. Sein Mund schmeckte trocken und muffig.

Er lag im tiefen Gras und Klee und versuchte den letzten Punkt seiner Erinnerung zu fixieren und gelangte zu der Stelle, als Stephan und er erzählend in eben jener Wiese gesessen hatten. Sein Geist war blank was die Umstände seines Einschlafens anging.

„Wir sind so beim Schnacken eingeschlafen?" fragte er Stephan.

„Ja... scheinbar... Lass ma' nach Hause gehen..."

Fast die ganze Zeit schwiegen die beiden beim Abstieg von den hohen Bergwiesen. Bei dem Bisschen was sie redeten, ging es um die merkwürdige Verwirrtheit und der Schlaf mitten am Tage. Sie kamen zum Schluss, dass wohl die frische Luft, der angenehme Sonnenschein und die körperliche Anstrengung Grund für ihr Einschlummern gewesen ist. Doch ohne es erklären zu können, misstraute Marcus im Hintergrund seines Geistes dieser Theorie.

Es bewölkte sich gerade als Stephan und er die Türschwelle des Berghäuschens überquerten. Marcus betrat nach seinem Freund die Wohnküche und der Anblick irritierte ihn:

Freya saß mit hoch gelegten Füßen in der Sitzecke, ein Lyrikband von Jandl kraftlos in den Fingern, während im Hintergrund „Pink Moon" von Nick Drake auf der kleinen Anlage lief. Freya blickte nicht in das Buch, sondern Marcus direkt an. Er sah, dass sie geweint hatte, doch lächelte sie. Das war es, was ihn verwirrte.

Man könnte meinen: ein Lächeln, welches aus einem Weinen brachial herausgezerrt wurde, gliche einer fratzenhaften Grimasse, doch Freyas Zähne zeigten sich in einem schieren Lächeln, obwohl noch Tränenreste auf ihren Wangen standen.

Sie streute eine erstaunlich präzise Kraft und traurige Energie aus. Vor ihr auf dem Tisch stand eine halb leer getrunkene Flasche Rotwein, aber kein Glas.

Ihre blauen Augen wiesen eine ganz leichte mattgraue Trübungsnuance auf: durch die Tränen und einem herannahenden Rausch.

„Ihr wart aber lange fort!" begann sie.

„Stimmt! Wir sind auf so 'ner Bergwiese eingeschlafen!" antwortete Marcus.

„Eingeschlafen?" Freya hob etwas argwöhnisch eine Augenbraue.

Stephan und Marcus versuchten Freya kurz zu berichten, wie sie den Nachmittag zugebracht hatten und ihnen eine Lücke in der Erinnerung geschlagen worden war, als sie auf der Bergwiese entspannten.

Marcus redete noch weitere Belanglosigkeiten, doch er verstummte, als er fühlte wie das emotionale Klima des Raumes sogleich wieder einige Grad fiel, als Stephan von der Toilette wieder in die Wohnküche trat. Dabei hatte er noch den Eindruck gehabt, dass Freya und Stephan sich allmählich etwas besser verstanden.

Marcus überlegte dieser kalten Aura mit Moderation und Ablenkung entgegen zu wirken, doch eine plötzliche Resignation griff ihm ans Herz und er verwarf den laxen Spruch nach einer Beteiligung am Alkoholtrinken. Derlei kriecherische Konventionen hatte er am ersten Abend Stephans schon bedient und so beschloss er einfach wortlos drei Weingläser zu holen, während Stephan sich setzte.

Ohne ein weiteres Wort goss Marcus den Rest der Flasche in die Gläser.

„Auf unser Wohl!" sprach er leise und abgedroschen ohne es wirklich so zu meinen und nach sehr kurzem Zögern blickte er seine beiden Mitmenschen an und trank dann in großen, sinnlosen Schlücken. Schon wieder durchbohrte Freya ihn blickend, doch flackernd, dann hob sie ihr Glas: „L'Chaim, Digger!" und plötzlich war ihr Starren verloren.

Die Zeit schien nur ekelhaft klebrig zu vergehen an diesem seltsamen Nachmittag und Abend. Stephan trank bedächtig und schweigsam seinen Wein. Freya trank mit den blicklos gewordenen Augen in vernichtenden Zügen und Marcus, dessen mysteriöse Melancholie von Glas zu Glas mehr in ihm brannte, soff zerstörend und gänzlich zweckentleert.

Die CDs liefen und wurden ausgetauscht, wie auch die Flaschen auf dem Tisch. Stephan schließlich, von allen noch am wenigsten betrunken und dennoch nicht mehr er selbst, bat gegen zehn Uhr abends um Gehör, nachdem größtenteils nur Marcus fast monologisch über allerlei Trivialitäten gebrabbelt hatte.

„Nun... ich glaube..." zögerte Stephan. „Ich denke... ich habe hier einige nette, schöne Tage gehabt, aber so wie ich sie nur auf Bitten verlebt habe... so... so..." er stockte kurz, setzte dann aber kräftig nach: „So... Nun, ich denke ihr solltet mir eine Antwort geben, wie die ganze Situation hier über die Bühne gehen soll... was werden soll!"

Sekundensplitter, schwer wie Blei, flogen in Zeitlupe durch den Raum.

„Was für eine saublöde Formulierung!" bemerkte Freya, Stephan anschauend.

Marcus hatte etwas Ähnliches gedacht, sagte aber nichts. Stephan erwiderte ihren Blick und schwieg.

Plötzlich sprang Marcus doch auf, riss dabei sein fast leer getrunkenes Weinglas um und rief: „Noch nicht Stephan! Noch ist dies keine Frage, die du ehrlich und gut uns zu stellen hast!" Marcus versuchte eine Art Höflichkeit in die Worte zu legen, aber die Verzweifelung brach komplett durch und machte Stephan wütend.

„Wieso? Seit wann bestimmst du was ich zu fragen habe und was nicht?" Stephans Augen funkelten angegriffen. „Ich bestimme meine Handlungen noch immer selbst!"

Marcus versuchte ruhiger: „Versteh' mich bitte richtig, Stephan! Kein Grund wütend zu werden! Ich bitte dich uns noch mehr Zeit zu geben!"

„Noch mehr Zeit? Wir haben doch gut gelebt und ich habe einige schöne inspirative Momente hier gehabt!"

„Aber... aber..." Marcus stotterte. Dann wurde seine Rede plötzlich klar und präzise: „Wir haben doch nur gänzlich konventionell und im bürgerlichen Reglement gelebt!" Diese Worte klangen düster und schwer. Es wirkte.

„Wir haben bourgeois gelebt? Du lügst!" Stephan war stutzig geworden. Eine Chuzpe, die funktioniert hatte.

Marcus griff den Hauch der Verlegenheit als Rettungsanker und antwortete: „Naja, nicht wirklich bürgerlich, doch noch immer zu rational und... und..." er fing wieder an zu stammeln, doch da

kam es gehaucht aus der hinteren Ecke der Sitzbank:

„– zeitgebunden!"

Stephan und Marcus erstarrten. Freya die während des ganzen Aufbrausens still da gesessen
hatte und traurig betrunken vor sich hingestarrt
hatte, fixierte die beiden jungen Männer nun grim-
mig lächelnd.

„Ja…" begann Marcus wieder. „Zeitgebunden!
Wir haben hier zeitverherrlichend gelebt!" Ihm
war schlagartig klar geworden wie recht Freya
hatte.

„Wie meinst du das?" fragte Stephan verunsi-
chert, mehr zu Freya als zu Marcus, der trotzdem
die Antwort gab:

„Ich meine wir sollten, bis wir wirklich der vollen lebensstützenden Antwort Zeche zahlen, jene
Zeche erst einmal ansaufen! Wie wir uns entscheiden, wird auf all die unendlichen nüchternden
Stunden, die wir noch zu leben haben, konsequent
sich niederschlagen. Und das ist nur richtig so,
denn wer leben will kann dies nur mit all seinen
Stunden. Wenn doch nun der Geist sich trüben
muss, um das Leben zu ertragen – es gleichsam
damit wird – so ist's doch umso wichtiger, die erlö-
sende Trübung bewusst und manisch zu zelebrie-

ren! Oder glaubst du die Beatniks hätten all das geschafft ohne den nüchternen Willen? Wenngleich Jack die Anstrengungen wohl nicht meistern konnte!"

Stephan verstummte und zitterte etwas. Dann sprach er mit trockenem Mund:

„Also gut... Doch was tun wir denn für die Antwort mit der klaren Konsequenz?"

Marcus lächelte das erste Mal seit Stunden, blickte zu Freya, die ebenfalls lächelte. Sie nickte kaum merklich und er verstand sie und er verstand auch, dass die ganze Energie der Gesprächswendung allein ihr Verdienst war.

„Wir führen die gänzliche Alltagslosigkeit für wenige Tage in unseren Alltag ein!" Marcus' vom Wein schwarzrot gefärbten Lippen und Zähne bewegten sich im Lächeln der letzten Hoffnung.

Kapitel IX

Stephan öffnete die Lider. Das schrille Tageslicht stach zu. Er lag auf der Sitzbank in der Wohnküche. Vor ihm auf dem Tisch stand eine Armada von leeren Bier- und Rotweinflaschen.

Sein Kopf schien eingeklemmt und doch wieder so weit, dass er keinen umrissenen Gedanken oder eine solche Erinnerung darin fand.

Er blickte vom Tisch fort und sah seinen Freund Marcus mit Grinsen auf dem weichen Läufer des Fußbodens sitzen.

Freya schlief mit gepeinigtem Gesichtsausdruck rechts neben ihm auf dem Läufer.

„Moin!" sagte Marcus leise, aber gut gelaunt zu seinem Freund. Dabei hob er prostend seine Bierflasche.

„Scheiße! Wat is' passiert?" stammelte Stephan voraussehbar. „Und wie spät isses?" stöhnte er hinzusetzend und rieb sich seine Augen.

„Viertel drei!" grinste Marcus und fügte hinzu: „Was soll passiert sein? Wir haben bis gegen Sechse durchgesoffen!"

„Fuuuck! Warum... bist du so gut drauf?"

„Ich lass' die ganze Scheiße nich' so dicht an mich herankommen, außerdem hab' ich erleichternd noch die halbe Wiese vor der Hütte vollgekotzt!" erklärte Marcus, der die Angst, den Kater und die Verknüpfung all dessen mit seiner jetzigen Situation und der Erinnerung des Begegnungsabends mit Freya, mit all seiner Kraft zu verdrängen suchte.

Dabei war er so überzeugend, dass sein Bericht fast wie eine Heldentat klang.

Dennoch rappelte er sich ziemlich mühsam hoch und taumelte zu Stephan. Marcus nahm vom Flaschengewühl auf dem Tisch eine Buddel und öffnete sie an der Tischkante. Es war scheinbar das letzte volle Bier. Er hielt es Stephan hin, der noch immer ausgestreckt auf der Küchenbank lag.

„Bäh! Bist du bescheuert?" würgte dieser heraus.

„Wieso? Trink doch!"

„Ich kann unmöglich gleich weiter trinken!" sagte Stephan nun entschlossen, der sich ohnehin nicht allzuviel aus Bier machte.

„Natürlich! Das vielleicht dümmste Mittel sich die Alltagslosigkeit an das Sein zu zerren! Wohl aber ein sehr wirksames und generell wohlfeiles!" Marcus klang in der der blamablen Belehrung noch barsch und gutgelaunt gleichzeitig.

Stephan setzte sich etwas auf, griff die Flasche und trank. Statt des erwarteten Würgereizes bemerkte er das flaue Zittern in seinem Magen sich rabiat lindern. Aber er fühlte sich nach einigen weiteren Schlücken sogleich wieder stark betrunken.

„Ich mach' ma' was zu essen!" Marcus fast quirlig. „Das hilft auch wenn man 'nen Kater hat... man muss nur was runter bekommen!"

Während Stephan sich vorsichtig von dem Bier schlürfend entspannter zurücklehnte, nahm Marcus eine Pfanne zur Hand, tat dort allerlei gewaschenes, geschnittenes Gemüse hinein und briet alles in Olivenöl scharf an.

Als er die Teller mit dem Essen auf den mittlerweile frei geräumten Tisch stellte brummte Stephan nur: „Mal sehen ob ich überhaupt was essen kann..."

Zärtlich streichelte Marcus Freya wach, die langsam und voll vernachlässigter Müdigkeit ihre blauen Augen aufschlug.

Bald saßen die drei vor ihren Tellern mit der letzten Flasche Rotwein auf dem Tisch.

Freya glich so sitzend einem alten Knicklicht: verbogen und verblasst, doch sie lächelte mit einer blühenden Wärme wenn sie Marcus Blick auf sich fühlte. Ihr feiner und nutzender Mund spannte sich in irgendeiner Hoffnung.

Nach dem Essen gingen alle drei zu einem langen Spaziergang hinunter ins Dorf. Im Supermarkt kauften si die Rücksäcke voll mit Lebensmittel und Alkohol. Im Grotesken lachend über diese verrückte Selbstzerstörungspraxis öffneten die jungen Menschen eine Flasche Wein für den Rückweg und bald sang Freya in der Sonne sogar ein Lied.

Ihre volle Stimme wurde rau im lachenden Übersingen der Worte, die sie wählte.

Marcus kannte das Lied nicht, aber es war freundlich und Freya wechselte für einige Töne in hoher Sopranlage quasi das Stimmregister. Also jodelte sie die großen Tonsprünge des deutschsprachigen Liedes irgendwie.

Der Text handelte von einem scheinbar männlichen Erzähler, der statt zu seiner Liebsten zu gehen in einer Kneipe versackte. Mehr Klischee ging nicht und doch war es in Marcus' Ohren das schönste Lied in dieser Minute.

Auch wenn Freya den Text überzeugend (weil angetrunken) sang, so hatte Marcus doch das Gefühl, dass das Lied von ihr ganz bewusst gewählt worden war. Sozusagen im nahenden Wahnsinn eines besungen verschwendeten Tages.

Marcus lauschte dem Lied und stapfte tänzelnd im Takt dazu. Er zog dazu die sinnlos aus Übermut gekaufte Schachtel Zigaretten aus der Tasche – das entgrenzende Mittel für den eigentlichen Nichtraucher – und entzündete sich eine Zigarette, nahm einen tiefen Schluck aus der Weinflasche, die Stephan ihm reichte und gröhlte betrunkener als er eigentlich war den Kehrreim mit. Nach dem Lied forderte Freya grinsend den Wein ein.

Schließlich erreichten die drei wieder das Fixzentrum ihres Eskapismus' oder Besuchs. Die buntschillernden Brockenhaufen Marcus' Erbrochenem stanken in der Frühherbstsonne vor der Hütte auf der unschuldig besudelten Wiese.

„Du Torfkopp hättest auch mal nich' direkt vor unsere Bank kotzen können! Jetzt kann man sich nicht mal mehr in Ruhe da hinsetzen!" bemerkte Freya durchaus verärgert und rieb sich die Schultern, nachdem sie ihren schweren Rucksack im Flur der Hütte abgestellt hatte.

„Tut mir Leid Freya, aber die Sonne scheint eh nicht mehr so schön warm, als dass es sich lohnen würde draußen rumzusitzen. Außerdem weißt du sicherlich, dass Betrunkene vermindert rational Entscheidungen treffen!"

Freya drehte sich um, warf Marcus einen durch Ironie gefärbten Blick zu, der aber zerbrach, sobald sie sein ehrliches Lächeln sah, das offen und freundlich war.

„Entschuldige!" brachte sie verlegen hervor.

„Schon in Ordnung!" antwortete Marcus, küsste sie auf die Stirn und folgte Stephan in die Wohnküche.

Die Musik schallte zu laut aus der kleinen Anlage, bald würde sie den Geist aufgeben. Freya lachte mit geröteten Wangen über ihre Bierflasche hinweg über einen Witz Stephans, den er pointiert vorgetragen hatte und dann mit einem herzhaften Schluck Whiskey direkt aus der Pulle selbst belohnte, während Marcus Rauch über seinen Flaschenhals hinweg in den Raum stieß. Freya stand schließlich von ihrem Stuhl auf und setzte sich zu Marcus auf die gepolsterte Bank. Marcus schaute dem Vorgang genau zu und sah wie ihre schwarze Jeans grazil ihr Gesäß umspannte, als sie Platz nahm.

„Gib mir auch mal 'ne Kippe, Mois!"

„Sicher?"

„Frag nich' so scheiße, Marcus!"

Er reichte ihre die Zigarette und gab ihr Feuer. Die Nachfrage war der Beweis, dass er ebenso das Patriarchat noch nicht überwunden hatte. Auch Freya war das Rauchen von normalen Zigaretten nur sehr sporadisch gewöhnt, nur Marihuana war nicht im Supermarkt zu bekommen. So zog sie an der Zigarette ergeben und tapfer-lässig.

Marcus griff sein Whiskeyglas vom Tisch und trank es leer. Dann erhob er sich mühsam von der Bank. Die in den Lippen eingeklemmte Zigarette brannte ihren Qualm in seine Augen.

Und wie Marcus sich von der Bank erhob, da kam ihm das ganze Szenario erschreckend bekannt vor. In einer widerlichen Schalheit stieg ein Gedanke vor ihm auf. Kein unangenehmer Gedanke zwar, doch in seiner Art der Wiedererinnerung ekelerregend, da die Wiederholung in der ewigen Selbstdestruktion (die Marcus eigens mit wahnhaftem Lächeln noch für sich provoziert hatte) des Suffs kam.

Vor einigen wenigen Monaten war er von einer gepolsterten Bank bei Freya sitzend mit verrauchtem Geschmack im Munde alkoholschwankend aufgestanden, um pinkeln zu gehen. Der Abend in dem ewig deutschen Kneipencafé war ein von Gleichgültigkeit nebelig genährtes Erinnerungsbild und Marcus erzitterte im inneren Kern, als ihm gewahr wurde wie bedeutend die Begegnung mit Freya für ihn war. Er liebte sie mehr als er wusste.

Alle Eindrücke um ihn herum bombardierten ihn im Sekundenbruchteil der Erkenntnis. All die

Bewusstwerdung der Lage seines jetzigen Lebens traf ihn. Doch diese Erkenntnis in einem Satz oder in Wortgruppen zu legen, das hätte Marcus, trotz dass er ein Wortarbeiter war nicht vollbracht.

Er und Freya waren ein zusammengeballter, gestauchter Kosmos gewesen und Marcus trat der kälteste Schweiß auf die Haut, denn er spürte, dass sie es *gewesen waren*.

Er fühlte sie und sich nun als Freya und Marcus. Ein Blick ging durch den Zigarettenqualm zur lächelnd rauchenden Freya. Sie war im höchsten Maße eine in Honig geschmissene Lichtgestalt mit planlos verirrter Kippe in Pfote und Fresse.

Das abgrundtiefe, haltlose, rasend und wie besinnungslos rüttelnde Lieben fuhr Marcus mit ganzer Macht an – das anachronistisch geschändete Aphroditebild zerbarst und in der Schale zeigte sich als reiner Kern nur Freya in ihrer menschlichen Vollkommenheit eines Liebenden. Marcus stemmte all seine Kraft zusammen, um nicht auf die Knie zu sinken. Nichts brannte jemals zuvor so höllisch in ihm, als jetzt der Wunsch mit Freya wieder ein liebendes und ein klischeehaft yin-yanges, kosmisches Fusionsaxiomen zu sein!

Doch unter all dieser unerklärlichen Erkenntnis sah Marcus gänzlich stichscharf umrissen, dass dieser Wunsch nicht mehr in Erfüllung gehen würde.

Die Blase der Einigkeit war zerplatzt im zerschellenden Weinglas, dass der unbegreiflichen Perfektion oder Pseudoperfektion geschuldet war.

Und nun saß der Narr Marcus schon wieder mit Trunkenheit an! Der erschreckende Ekel fuhr ihm die Kehle hinauf und mit flirrendem, nah am Kollaps befindlichem Kreislauf lief Marcus schwankend aus der Wohnküche, stolperte aus der Haustür und reiherte in tiefen, umkrempelnd prügelnden Schwallen erneut auf die arme Wiese.

Es dauerte über zwei Minuten, bis er sich wieder etwas beruhigt hatte und halbwegs normal atmete. Er lehnte sich klapprig an die Hütte. Mit zitternden Händen nahm er sich eine Zigarette aus der Schachtel (die Vorherige war ins Gras gefallen und im Ausgespieenen erloschen), jedoch verloren seine fahrigen Finger sie sogleich. Marcus versuchte gar nicht erst die Tabakware aufzuheben, er nahm eine neue aus der Schachtel und schaffte es diesmal konzentrierter sie zu entzünden.

Sein Blick schweifte über die nahen Berge und weiten Landschaften, die gerade noch zu erkennen waren. Der widerliche Zigarettenrauch jedoch unterbrach Marcus' Ausblicken, schon in den ers-

ten Sekunden in seiner Lunge. Mit erneut sich win-
dendem Magen warf er die Kippe fort und stieß zi-
schend den Rauch zwischen seinen Zähnen hervor. Er schaffte es sich wieder zu fassen, ohne erneut brechen zu müssen.

Die erschütternde Gewaltigkeit seiner geistig
erblickten Einsichten bezüglich Freya und ihm, er-
weichten sich an Glaubwürdigkeit in dieser Situation nicht. Vielmehr erhärteten sie sich resignie-
rend.

Die Tränen, ein milder und körperlich flacher
Abglanz der marternden Gewissheit, traten ihm in
die Augen und auf die Wangen. Er tappte unbeholfen (mehr vor Traurigkeit als vor Trunkenheit) zu
den nahestehenden Tannen und schiffte in das
vergessene Gras, während er seinen unscharfen,
tränenden Blick umher schweifen ließ.

Die Gipfel und Täler und Orte, die vor ihm lagen kamen ihm nun fremd und unnahbar vor, obwohl er sie nun schon viele Wochen lang kannte
und sie alle auf ihre Art lieb gewonnen hatte.
Nicht ablehnend doch stumm waren sie nun alle
zu ihm.

Marcus ließ den Kopf hängen und ging wacke-
lig zurück in die Hütte. Statt in die Wohnküche zu-
rückzugehen ging er ins Bad, wusch sich Hände

und Gesicht, spülte sich den Mund aus und trat dann ins Studio. Er schaltete die Gerätschaften ein und nahm das Rückkoppelungssignal der an dem aufgedrehten Verstärker angelehnten E-Gitarre auf.

Mit leerschauenden Augen saß Marcus vor dem Laptop und das sich unerträglich aufschaukelnde Feedback umhüllte und erfüllte den Raum und kitzelte die Peakanzeigen des Aufnahmeprogramms. Schließlich betrat Freya, vom Lärm angelockt, das Zimmer. Erst schien sie fragen zu wollen was los sei, doch dann sah sie Marcus' weggetretenen Blick, die Aufnahme auf dem Laptop und ging schweigend zum Mikrophon. Sie stellte das Delay auf Maximum an dem Effektgerät und fing schlagartig an nur fünf Wörter zum rückkoppelnden Grundton zu singen:

„A Song –" (dies in Bruststimme) „– for an end!" (dies im Falsett).

Wie von einer plötzlichen Eingebung gepackt erwachte Marcus aus seiner Starre und drehte mit einem Ruck das Eingangssignal der E-Gitarre aus. Das virtuell aufgezeichnete Echo des Gesangs warf nun alleine die Schwingungsbilder auf den Monitor und Freya schaltete den Gitarrenverstärker aus. Das reißende Fiepen war endlich verebbt.

Marcus sah Freyas Stimme verklingen in dem Pegelausschlag und schließlich kam sie zu ihm und stoppte die Aufnahme.

Er blickte in ihr Gesicht, das tränenäugig auf ihn hernieder sah und wusste jetzt genau, dass sie ebenso alles erkannt hatte.

„Ist es das was es ist?" rasselte Marcus.

„Das ist es... ein Lied für das Ende!" antwortete Freya und obwohl eine Träne an ihrer Wange herab rann, war ihre Stimme gefasst und kein Zittern war in ihr zu vernehmen.

Freya speicherte die Datei, schloss den Ordner und fuhr den Computer herunter.

Stephan fragte nicht, wo die beiden waren, als sie wieder in die Wohnküche traten. Er saß vor seinem Whisky und hörte der Musik (Lynyrd Skynyrd, die er sehr liebte und rausgesucht hatte) zu.

Der herannahende Abend fing an dem vorherigen zu ähneln. Die Flaschen wurden geöffnet und geleert, die Klänge der Musik flossen durch das Zimmer, wurden vielleicht von den trunkenen Kehlen grob oder zärtlich aufgenommen und so schallte so manches Lied im Dreierchor durch das Zimmer oder aber wurde im gemeinsamen

Schweigen nahezu andächtig belauscht, um vor der Gewaltigkeit der Musik zu erschauern.

Stephan erzählte plötzlich, schwankend und so betrunken wie Marcus ihn noch nie erlebt hatte, dass er am Abend der Flucht von Freya und Marcus mit Gesa geschlafen hatte, sich danach aber nicht mehr mit ihr getroffen hatte, sondern lediglich über das Internet mit ihr kommunizierte. Freya war nun ziemlich erstaunt, da sie sich sehr sicher war, dass ihre beste Freundin homosexuell sei, wenngleich sie sich nie direkt ihr gegenüber geoutet hatte.

„Wieso hast du mit Gesa gefickt?" lallte Freya Stephan an.

„Was geht dich das an?" nuschelte dieser noch heftiger zurück.

„Es geht mich deshalb etwas an, weil sie meine Freundin ist! Da darf ich doch mal fragen?"

„Du bist ihre Freundin?" Stephan grinste sehr schief und hässlich, „Wieso hast du sie dann einfach verlassen?"

Freya war angegriffen, stockte kurz und echauffierte sich dann zusehends bei der Antwort:

„Ich habe ihr gegenüber ein Verhältnis als beste Freundin geführt – dass sie Frauen liebt hat doch damit überhaupt nichts zu tun! Als Freundin versteht sie ja wohl, wenn ich mich verknalle und wenn ich etwas tue, das meine vollste Entscheidung ist!"

Stephan lachte zynisch, da versuchte Marcus die Situation etwas zu entschärfen, indem er laut fragte: „Vielleicht ist Gesa ja bisexuell?"

„Was hat das jetzt damit zu tun? Was habt ihr überhaupt mit den Vorlieben von meiner Freundin?" giftete Freya.

„Wenn sie mit mir Sex hatte, ist das ja schon relevant." antwortete Stephan und hob taumelnd den Zeigefinger.

„Letztendlich ist es doch nur eine Sache zwischen Gesa und Stephan! Lasst uns nicht wegen Dinge streiten, die uns gar nichts weiter anzugehen haben!" versuchte Marcus es erneut und schenkte allen Wein nach.

Dies schien Freya just auch so sich selbst in Erinnerung gerufen zu haben und fragte nicht weiter nach.

Stephan jedoch schien noch nicht ganz leichten Herzens zu sein und er erzählte besoffen munter weiter, dass er selbst homosexuelle Erfahrungen in den vergangenen Wochen gesammelt hatte.

Marcus verschluckte sich an seinem Wein und roter Nasenschleim spritzte beim Husten in sein Weinglas. In seiner Einschätzung war Stephan ihm mitunter sogar subtil wie ein Macho vorgekommen, ja vielleicht sogar im Inneren nicht ganz frei von einem artistisch gerechtfertigten Sexismus. Da passten homoerotische Abenteuer doch nicht rein, oder?

Marcus selbst hatte in den letzten Jahren, ermüdet von seinen eigenen Erlebnissen, sämtliche Maskulinitätsaushängeschilder versucht zu dekonstruieren und er verabscheute Mackerhaftigkeit mittlerweile zutiefst, doch seine sexuelle Fokussierung war nie von einem Weiblichkeitsbild in Krönung einer Vulvozentrik abgewichen. Vielleicht sollte er seine eigene Einstellung in gewissen Dingen doch nicht als zu gesichert annehmen? Die Kraft des allgegenwärtigen Patriarchats wirkte natürlich immer noch nach und Marcus war sich bewusst, dass er noch weit entfernt davon war alles zu begreifen. Da nützten auch lackierte Fingernägel nicht sonderlich.

Doch zu viel dachte er in diesem Moment darüber eh nicht nach, denn Freya hatte wieder angefangen zu singen und auch Stephan, offensicht-

lich erleichtert geredet zu haben, war wieder fröhlich und fiel mit ein.

So walzte sich der Abend vorwärts: Stephan
schnitt sich an einer zerbrochenen Bierflasche,
wischte aber kommentarlos die Blutstropfen an
seiner Kleidung ab und hob dann prostend sein
Glas. Freya ruinierte sich ihre weiße Bluse, indem
sie ihr Rotweinglas nicht in ihren Mund sondern
eben versehentlich auf jenes Kleidungsstück kipp-
te. Sie brachte einen kurzen Fluch lallend über die
Lippen, danach ignorierte sie den großen Fleck
komplett. Marcus wollte eine belanglose Anekdote
erzählen, schaffte es aber auch nach mehreren
Anläufen nicht manche Sätze zu beenden und fiel
sogar einmal beim Reden vom Stuhl – doch wie
ein Soldat der sinnlos im Töten tötet ohne zu zwei-
feln – rappelte er sich schon weitererzählend wieder auf. Niemand lachte. Lachen war wesentlich
zu sinnhaft in dieser Nacht, als das es nun noch
angebracht erschien.

Doch all diese Sinnlosigkeit, der provozierte
Schwachsinn, war jedem in barster Reinheit verin-
nerlicht. Es ist leicht mit rationalen Argumenten
jemand zum utilitaristischen Handeln zu motivie-
ren, der bereit ist verbessert zu werden, doch es
wird schwer dem helfen zu wollen, der dem

schlichten Wohlsein und sei es auch das eigene, aus Trotz und/oder Langeweile oder Resignation entsagt hat.

Letztendlich schlief Stephan auf dem dicken Teppich des Durchgangsraums, in welchem sich auch das Studio befand ein. Marcus wusste nicht wie er dort hingekommen war. Alle Versuche ihn langfristig zu wecken scheiterten, da Stephan bloß irgendetwas vor sich hin murmelte und sich zur Heizung, unter der er lag, umdrehte.

Schließlich gab es Marcus auf, ihn dort wegzubewegen und er ging vor die Tür um zu urinieren. Nachdem er sich an drei Ecken der Hütte gestoßen hatte und zwei Jacken von der Garderobe gerissen hatte, kam er zur Tür und trat hinaus.

Der Morgen graute still, unbegrenzt ewig und nüchtern aus den Tälern hervor. Der Tau hing dunstig im Zwielicht der Wiesen. Nachdem Marcus gepisst hatte und sich stark schwankend und bebend umwandte, klang auf einmal aus der Hütte eine Akustikgitarre. Marcus ging in den Flur zurück, da kam ihm Freya mit scheelem Grinsen entgegen gefallen. Der Gesang setzte ein, da erkannte Marcus was Freya für ein Lied aufgedreht hatte: die chopingefühlte Ausgangsmusik für vielleicht eine Shakespeare-Verfilmung. Freya lächelte jetzt mit Tränen auf ihren Wangen und sie torkelte weiter in die offene Tür des Badezimmers. Im einsetzenden Mellotron fiel sie vor der Dusche auf die Knie und fing an in die Wanne derselbigen zu kotzen. Während Marcus noch apatisch zitternd die längst verklungene dritte Textzeile („Today we escape.") in Gedanken hatte und in der greifenden, düsteren Harmonik ihm der Sinn dieser Worte geradezu höhnisch vorkam – verglichen mit seiner Geschichte der letzten Monate – da schwappte Freyas Mageninhalt in die Wanne und warf sich an die Fliesen. Marcus weinte. Er liebte dieses Lied und in all dieser gefühlten Zynik merkte er, wie er doch derjenige war, der etwas Spottendes mit seinen Gedanken angebracht hatte in dieser zersplitterten Szene.

Er setzte sich neben Freya und hielt sie im Arm, während sie schrecklich würgte. Mit dem Einsetzen des Schlagzeugs und des verzerrten Basses richtete Freya sich ganz ausgereihert auf. Im ohrenbelegenden Gesang, der sich durch die Hütte trug, wimmerte ihr Marcus zu:

„Das war Absicht von dir, oder?"

„Natürlich..." Auch Freya weinte, doch sie versuchte zu lächeln.

„Das is' theatralisch und klischeehaft und... gemein!" Marcus stotterte im Schluchtzen und Lallen.

Freya antwortete etwas ruhiger als er:

„Ja, doch man bekämpft Klischees auch indem man sie so deutlich und ehrlich überzieht..."

Sie hatte fast aufgehört zu weinen, sprach jedoch enorm angestrengt um nicht zu doll zu lallen.

Marcus konnte nicht aufhören zu heulen. All die Zeilen gingen ihm noch durch den Kopf, selbst als das Lied geendet hatte. Die fürchterlichen Übertragungen und Beschwörungen: Er sah Freya noch würgend vor ihm knien und dazu die Worte hören, die voller Hoffnung waren, dass doch jemand ersticke...

Doch Freya atmete halbwegs normal („Breathe! Keep breathing!") und sah ihn mit den unbegreifbar tiefen Blauaugen an, bis Marcus' geschändeter Verstand an Freyas Worte angelangt war.

Die Ehrlichkeit! Er verstand und sah, dass sie Recht hatte... Kein Klischee war der Ehrlichkeit gewachsen und dass sie und das Lied ehrlich waren, daran gab es nach all der Scheiße hier nicht den geringsten Zweifel.

Auch Marcus beruhigte sich endlich etwas und saß Freya nur gegenüber und beide starten sie einander an.

Die Kälte der Fliesen und des Schlafmangels kroch langsam in ihre Körper und noch immer tropfte Kotze von den Wänden der Dusche in die Wanne.

„Alles löst sich auf!" flüsterte Marcus schließlich nach vielen Minuten.

„Ich weiß!" jetzt zitterte ihre Stimme.

„Du spürst genauso, dass hier nichts mehr zu halten ist?"

Freyas Lippen bebten, sie fing bald schon wieder an zu weinen, doch nickte schließlich nach kurzem Zögern kräftig.

„Ich habe Angst! Besonders vor der staatlichen Exekutive!" sprach Marcus.

„Ich genauso… Die Bullen…" sie brach ab.

„Ich werde zurückgehen." flüsterte Marcus jetzt in die Stille des Bads.

Seine Worte lagen tonnenschwer im Raum und auch der winzige Hall der Wandfliesen konnte die Aussage dieses Satzes nicht erleichternd, auflösend dubliziert frei in die Höhe spielen.

Freya zog sich auf den Knien in einem heftigen Weinkrampf zusammen. Dennoch schaffte sie es ein gemartertes „Ich weiß!" unter dem Wimmern hervor zu bringen.

Sie wusste es wirklich, so wie Marcus es gewusst hatte.

Nach weiteren Minuten brachte Freya liegend hervor: „Ja, ja... sag dein Shakespearezitat, dein Hamletspruch! Wieder ist's das Weib, das so voller Heulen hier sich krümmt!"

Das durchfuhr Marcus' Herz wie ein Messer. Er hatte länger und heftiger geweint.

„Ich werde diesen Spruch niemals sagen! Das weißt du auch! Warum verletzt du mich damit so? Wer heute noch allen Ernstes behauptet, dass Weiblichkeit die Schwäche ist, der steht sich seine eigene Schwäche doch nur selbst ein!

Welche Schwachmaten haben die Jahrtausende der Kriege geführt und alles Morden zur perfekten Kunst pervertiert? Während die Pseudoschwachheit in Äonen unter erduldeter Qual Leben auf den Erdboden gehoben hat? Und im verfrühten Sinnlossterben wird nach der Mutter geschrien! Sie, die die Arme ausstrecken kann und augenblicklich alles zum Verstummen bringt. Und noch heute: sieh, wer zu schwach war seinen Autoschlüssel loszulassen mit all seiner Promille und der am Sonntagmorgen mit Zange aus seinem Auto und im langen Kasten nach Hause kommt! Das sind doch diese sogenannten Starken… Die so gerne über den Tod stark wären und doch es niemals sind, da sie den Tod gar nicht ertragen können, wie es die Mütter, Schwestern, Gefährtinnen, Tanten, Cousinen und so weiter tun müssen! Also sei nicht so lügend in deiner Trauer, Freya – bitte!"

Freya blickte Marcus unverwandt mit flirrend blauglühenden Augen an, als dieser redete. Nachdem er geschlossen hatte antwortete sie leise:

„Du bist sehr süß und willst weiter als alle anderen sein, doch alles was du sagst ist auch nur eine klischeehafte, ewig verklebt überzuckerte Reproduktion von Zuschreibungen und bevormundenden Pseudogroßzügigkeiten gegenüber Feminität, die aus einer patriarchalischen Ausgangsposition kommen."

Es war das erste mal, dass Marcus sie so klar zu dem Thema reden hörte und sofort sah er ein, dass sie auch diesmal recht hatte.

„Ich weiß, entschuldige! Aber auch ich bin ja geknechtet vom Selbigen. Privilegiert doch gleichsam geknechtet."

„Ich weiß, deshalb sag' ich ja auch, dat du süß bist." flüsterte sie zitternd, doch mit einem weißen Lächeln, zu dem ihre Tränen auf den Wangen blinkten.

Wieder minutenlanges Schweigen.

„Kommst du mir mir, Freya?" fragte Marcus schließlich.

Erneut dröhnte die Stille.

„Ich soll mitkommen? Nach Deutschland zurück?" Zu den lieben Möwen wieder, so weit nach Norden? Ins alte Land vom ewigen, stolzen Kopfnicken zur Überpünktlichkeit und kreativtoter Ordnung?" gegenfragte Freya sanft.

„Doar hen un ok doar wo't Platt tau Hus is..." versuchte es Marcus.

„Joah... so Nedderdüütsch is schön." antwortete Freya glücklich lallend, aber das Lächeln dabei war nur von kurzer Dauer, sie fiel im Weiterreden verblassend ins Hochdeutsche zurück: „Aber was ist mit dem Gespräch in der Kneipe? Das ursprüngliche Gespräch? Und dem im ICE?"

„Welches Gespräch?" fragte Marcus lügend, denn er wusste natürlich genau was sie meinte.

„Errettung und sowas. Flucht? Na?" hauchte Freya zwar in ihrer Betrunkenheit, doch mit Schärfe.

Eine lange Pause folgte.

„Die Flucht ist..." Marcus stockte mehrmals. „Sie... sie ist misslungen!"

Freya griente erkaltend:

„Dann ist deine Flucht misslungen! Meine ist es nicht!"

Der Wortklang flutete Marcus' Ohren wie ein Gongschlag. Er wollte Freya noch weitere, belanglose Fragen stellen, um nicht gänzlich paralysiert zu wirken, um sie zu halten, doch sie hatte sich bereits schwankend aufgerichtet und stolperte in das Schlafzimmer, ohne dass Marcus überhaupt nur das Maul aufbekam.

Er versuchte ebenfalls aufzustehen, doch sein Körper rührte sich nicht. So versuchte er es mit Weinen, aber auch das scheiterte. Kein Zittern ergriff seine Gesichtsmuskeln und auf seinen Wangen trockneten ungenährt die alten Tränen ab und ließen nur eine leere Salzbahn zurück.

Schließlich, lange nachdem er die Schlafzimmertür hatte zufallen hören, stand er gewandter als er es selbst erwartet hatte auf und ging, ohne es in den ersten Sekunden bewusst wahrzunehmen, ins Schlafzimmer.

Freya lag schon im ernüchternden Schlaf und atmete schwer. Marcus schälte sich taumelnd aus seiner Kleidung, legte sich neben Freya ohne sie zu berühren. Er schloss die Augen. Alles drehte sich.

Er dachte an einen nahegelegenen Steilhang auf einer Bergkuppe nur einige Minuten Fußweg von der Hütte entfernt. Dort sah er sich in seinem inneren Auge stehen. Ein Schritt nach vorne hätte alles geklärt und aufgelöst, wie damals am Hafenbecken. Doch er lag im Bett, betrunken neben Freya.

Er sah sie und sich in seinem Inneren bei dem nahen Tannenhain auch auf einer Hügelkuppe in der Sonne auf dem Moos miteinander Sex haben. Ein Bild wie aus einem Minnelied. Doch es hatte nie eine solche Situation an diesem Ort gegeben und Marcus lag betrunken neben Freya im Bett und berührte sie nicht.

Er sah sie beide in seinem inneren Auge noch weitergezogen – irgendwo in einem mediterranem Raum. Glücklich saß Freya an dem Meer, das so hell und blau glühte wie ihre Augen. Er saß bei ihr und sie waren ein glückliches Paar und lachten. Doch er wusste, dass er in sein kaputtes, deutsches Leben in den Norden zurück kehren würde

ohne Freya, die ihre Suche weiter fortsetzen würde und Marcus, dem alles besiegelt erschien, lag
betrunken neben Freya, schwindelig ohne sie zu
berühren im Bett.

Schließlich zitterten seine Hände als er Freyas
Schulter vorsichtig anfasste. Er wollte sie festhal-
ten und gänzlich umfassend beschützen. Beschützen vor der Einsamkeit, die über sie beide kommen würde. Doch er fühlte in diesem Wunsche,
dass er gerne selber beschützt werden wollte und
Freya seines Schutzes nicht bedurfte.

Sie war so stark und würde tapfer alles bewältigen. Marcus sah bereits die verzehrende Düsternis der wahnsinnigen norddeutschen Nächte nach
ihm langen.

So betrunken wie er war, konnte Marcus nicht
auf der Seite liegen. In seinem Kopf drehte sich alles und sein Magen rumorte. Ohnehin war Freya
schon seinem Fassen entglitten, wenn auch noch
nicht physisch. Marcus löste seinen schwachen
Griff, der den Namen kaum verdiente und rollte
sich auf den Rücken. Die Deckenpaneele sah er
doppelt und zornig tanzend, bis ihm die Augen zu-
fielen.

Am späten Nachmittag öffnete Marcus seine klebrigen Augen. Die Erkenntnis des Erwachtseins kam mit der ganzen Intensität und Reichhaltigkeit eines plötzlich wüsten Jahrmarkts zu einem abgeschiedenen Gipfelkloster daher.

Schrecklicher Durst und Übelkeit, schrilles Vogelgezwitscher und brennendes Licht einer tiefstehenden Sonne fuhren Marcus unbarmherzig an.

Eben gerade war doch noch alles okay gewesen und ein leichter Traum der Sorglosigkeit hatte ihm umfasst und er hatte sich in Unschuld fassen lassen.

Doch er war nicht unschuldig. Er selbst hatte bluesig mit Gospelattitüde gesungen, dass er nur ein armer Sünder sei – wie wollte er sich da jetzt vor den Konsequenzen drücken?

Das Zellgift in seinem Körper, das sich gerade langsam abbaute, war erster Beweis für seine Schuld genug.

Wie er in die Wohnküche geschlurft kam, sah er seinen Freund mit geschlossenen Augen und leidendem Gesicht auf der Couch liegen.

„Is' Freya schon lange im Badezimmer?" brummte Marcus brüchig seinen Kumpel an, da er im Vorbeigehen das Rauschen der Dusche schon gehört hatte.

Stephan brauchte etwas um zu antworten: „Ja, schon sau lange! Is' sie immer noch da drin?"

Marcus lehnte seinen schmerzenden Kopf kurz an den Hängeschrank (Freya hatte ihm gesagt, dass es hier „Chuchichäschtli" heißt), dann trank einen Dreiviertelliter Wasser am Stück. Er hoffte, dass das Bad bald frei würde, damit er sich vielleicht durch eine kalte Dusche von der Übelkeit lösen könnte.

Der Tag verging als ein Tag des erkannten Schweigens. Die drei jungen Menschen wussten eigentlich was geschehen war. Und doch gleichsam waren sie sich nicht sicher zu wissen was passiert war. Und so schwiegen alle darüber. Zwar waren alle ihre Erinnerungen zerfressen vom Alkohol, doch nun schien alles zu ernst, als dass man es lediglich im Suff vergessen haben könnte. Und schließlich wussten auch alle was jetzt werden würde, ohne dass sie sich Prophetie angemaßt hätten.

Bleiern und endgültig lag das Schweigen über der Hütte und allen war der Moment als Moment des Abschieds und Endes gegenwärtig.

Stephan hatte seine wenigen Habseligkeiten bald zusammengepackt und leise verkündet, am morgigen Tag früh auf jeden Fall seine Heimreise anzutreten, egal wer mitkäme. Marcus hatte ihm noch nicht erzählt, dass er mit ihm abreisen wollte. Er wollte nicht noch einmal etwas so Schweres und doch Gewisses aussprechen.

So kratzte sich Stephan um zehn Uhr abends, noch lauter als seine Worte, den freiheitlich ausgewachsenen Vollbart, bevor er verkündete, dass er sich wegen Kopfweh nun schlafen lege.

Marcus hingegen fing still und in Gedanken weit verirrt an, selber seine Sachen zusammen zu suchen, die aber überall verstreut in der Hütte zu finden waren.

Erst nach einer guten Stunde packen, sortieren und in die Tasche legen begegnete er im Studio Freya, die auch ihren Kram zusammenräumte.

„Du packst auch?" fragte er und konnte nicht verhindern, dass seine Stimme sich überschlug und quietschend zitterte vor Hoffnung.

„Ja…" erwiderte Freya traurig und nicht unberührt über Marcus Tonfall „– ich kann nicht länger hier in der Berghütte bleiben. Und so ganz alleine will ich es auch nicht."

„Wieso?" fragte Marcus.

„Die Bullen oder wer auch immer werden mich hier irgendwann auch finden. Wir hatten so lange schon Glück und ich will und kann kein Risiko eingehen!"

Marcus verstand nicht ganz: „Kommst du also doch zurück mit uns?" Bebender Schweiß rann von seiner Stirn.

Sie unterbrach ihre Kramarbeit warf einen weichen Kapuzenpullover in ihre Tasche, richtete sich dann auf, blickte Marcus an und zögerte schließlich:

„Äh… nein, Marcus! Ich… werde wie gesagt weiterziehen."

Er brauchte viele Sekunden um das Gehörte zu verarbeiten. Als seine von Hoffnung aufgebauschte Silhouette wieder in sich zusammen gefallen war fragte er:

„Weiterziehen? Aber… wohin?"

„Vielleicht in das Tessin… oder gar direkt nach Italien!" antwortete Freya mit relativ müheloser Eleganz, doch gänzlich unschnippisch und sie zwang sich einfach weiter:

„Oder vielleicht in die Romandie? Oder die Südküste Frankreichs? Vielleicht auch irgendwo ins französische Kernland – Zentralmassiv, oder

die Pyrenäen, oder doch Spanien oder Portugal…
ich weiß es noch nicht."

Marcus sah sein eigenes Gesicht in ihren Blauspiegelaugen zerstauben. Seine Hände, noch ganz mit der Packarbeit beschäftigt, fielen unnütz an seine Seite, während seine Knie müde und resigniert nachgaben.

Endlich wieder Tränen! Der als Spinner verschriene Werther zeigte sich und Marcus nahm sein Wesen dankend auf, auch wenn er seinen Look nicht teilte.

Freya riss es am Herzen und sie ging in die Hocke. Ihre zarten Knie knackten traurig.

„Du hast dich doch entschieden und ich habe es auch!" flüsterte sie.

„Aber es zerstört mir die Seele! Was sind das für elendig verfickte Schmerzen? Was ist das für ein sinnloses Leiden?" Seine Lippen bebten.

„Weißt du – ", schob er etwas ruhiger nach, mit einem fast schon entrücktem Blick als er aufsah und Tränen auf den Teppich fielen,

„– ich habe noch nie so intensiv geliebt und wenn ich dich erblicke, so sehe ich das, was nicht in mir sein kann, aber was ich so gerne in mir hätte um etwas besser zu sein."

Auch Freya standen die Tränen wieder in den Augen.

„Deine Theatralik ist makellos." Sie lächelte kurz, fuhr dann aber fort: „Du brauchst nicht besser zu sein oder zu werden und wirst es auch durch mich bestimmt nicht! Aber wenn du mich so liebst, wie ich dich liebe, so komm doch weiter fort mit mir! Auch mich ängstigt und schmerzt der Gedanke der Einsamkeit!"

Eine auflodernde Verzweiflung rüttelte an Marcus. Sein Puls ging schlagartig in die Höhe. In angestrengter Konzentration suchte er Freyas Vorschlag sich vor Augen zu führen. Die versonnten Visionen von der mittelländischen See zwischen den drei Kontinenten, welche Marcus nur aus Büchern, Erzählungen, Fotos und Filmen kannte, glommen vor seinem geistigen Auge auf. Die ganze südliche Unberührtheit, die ein Mythos ist und die Erhabenheit von Kopfsteinpflaster und Fischgerichten (welche Freya und Marcus gar nicht aßen) mit scharfem Schnaps zum Mittag bemühte sich Farbe anzunehmen. Doch es war ein aussichtsloses Unterfangen. Alles was Marcus fühlte war eine Häufung von Stereotypen und mithin war er sich gar nicht sicher, ob sich nicht sogar griechische Klischees in sein Bild mischten.

Er versuchte sich mit Freya in dieses Szenario hineinzudenken. Vielleicht war die Westschweiz noch vertrauter mit seinen mittlerweile gewohnten Zügen, aber das süße vergessene Wärmelocken der mediterranen Welt packte ihn fest und verführerisch am Schlafittchen. Doch auch der Schauer in diesem Griff ließ sich nicht abschütteln; Freya sprach fließend Französisch und solide Italienisch und Spanisch. Marcus konnte bis auf einige Standardfloskeln nichts in diesen Sprachen sagen. Es fühlte sich wie ein zynischer Spott des Schicksals an, dass er in dieser nun gefühlten Distanz zwischen sich und Freya in der Schule Russisch gelernt hatte. Wie eine unangenehme Standarte des Nachhalls vom zersprungenen Staat seiner Geburt, kam ihm dies als Mangel an seiner Bildung vor, obwohl Freya ja gleichsam aus jenem ehemaligen Staate stammte. Und Marcus liebte die russische Sprache, doch helfen würde sie ihm nicht.

So schwankte das Pendel der Frage Freyas von Erlösung zu Entsetzen und ewig wieder zurück. Doch hinter all diesem inneren Kalkulieren an einer rationalverlorenen Situation der gierenden Liebe stieg das vernichtende Gefühl der Schwäche in Marcus auf.

Eine Art der Schwäche, die mächtig genug war letztendlich alles an noch vorhandener Kraft zu ersticken. Und zu dieser letzten Kraft gehörte auch die Verzweiflung.

Die Orte, die Menschen erlösend zur Erholung dienen, kamen Marcus nur noch wie weitere nicht mehr zu ertragende Marter vor. Er sehne sich nach nichts weiter als in seinem kargen Studentenzimmer auf dem unordentlichen Bett alleine zu liegen und der absoluten Stille zu lauschen. Die Kapitulation war da, wie Marcus sie von Dirk gelehrt bekommen hatte.

Der Gedanke des weiteren Nomadentums gebahr von Sekunde zu Sekunde mehr Schrecken für Marcus, sodass ihm nach einigen dumpfen Augenblicken leise aber entschieden entfuhr:

„Ich würde es wollen, aber ich kann nicht mehr."

„Du... kannst nich' mehr?" fragte Freya mitleidend und verwirrt.

„Ja... ich bin angefüllt von einer alles einfrierenden Müdigkeit. Und jede Stunde an Schlaf, die ich mir erlaube, gibt mir mehr Trägheit in die Knochen... und mich in der südlichen Sonne zerschmelzen zu lassen, diese Kraft vermag ich nicht mehr zu mobilisieren!"

Freyas Weinen schwang wieder auf. Marcus weinte stumm mir ihr. Viele Minuten vergingen bis schließlich Freya sagte:

„Du hast dich entschieden, Marcus. Und jede, jeder kann nur sein oder ihr Tun soweit lenken, wie ihr oder sein Geist und Körper es vermögen."

Damit stand sie auf, wischte sich mit ihrem Pulloverärmel die Augen und begann das Einpacken fortzusetzen.

Marcus saß weitere Minuten heulend unter krampfartigen Luftstößen auf dem Teppich, bis er sich schließlich so sehr gefasst hatte, dass er aufstehen konnte und sich in das Bett fallen ließ.

Alles Dunkel des Bettzeugs, in welches sein Blick tauchte, führte ihn gedanklich in ein leeres Nichts. Und die Trauer des Wissens des endgültigen Verlusts dieser Liebe, die den wenigsten Menschen je vergönnt ist, zu erleben und nicht selbst fähig zu sein den Verlust abzuwenden, umhüllte ihn, erfüllte ihn und ließ nicht mal Raum für ein Nachdenken, welches Marcus' Schlaf behindert hätte: die Trauer war so vollkommen, dass er schon schlief, bevor er sich auf den Rücken oder die Seite drehen konnte.

Es war gegen neun Uhr morgens, als Marcus erwachte. Er war entkleidet worden und lag in seiner Unterwäsche unter der Decke. Freya lag neben ihm auf ihre Hand gestützt und als ob sie seit vielen, vielen Minuten nichts anderes getan hätte, blickte sie ihn an.

Durch das angekippte Fenster spürte man die beginnende Kälte zu ziehen und man hörte die vereinsamten Vögel den Herbst einsingen.

Freyas Augen verhießen mehr Leben, als in den von Kafka staunend erzählten Straßen Amerikas sich ergab. Nur war Hoffnung für Marcus verlorene Realität und für Kafka unmögliches Lachen ob einer Rettung.

Noch während all die gelebten Menschheiten der Schweiz an Marcus' unendlich-unbegreiflich deutschem Denken vorbeizogen, hatte Freyas Blick dem Deutschen, der wirklich noch in Goetheeinheiten dachte, äußerst blutenden und doch zufriedenen und aufrichtigen Herzens Lebewohl gesagt.

Und es war auch keine Unbarmherzigkeit oder Gewalt in diesen so viel erwähnten Augen. Es war Freyas Blick eines wirklichen und schmerzlichen, aber unvermeidlichen Abschieds.

„Wie lange kuckst du schon so?" fragte Marcus mit schlafgepresster Stimme und ärgerte sich im gleichen Augenblick über die Dummheit seiner ersten Tagesworte.

„Wohl schon die halbe Nacht, oder so..."

Die Vögel sangen draußen und wie schon so oft die letzten Tage spannte sich nur Schweigen zwischen Freya und Marcus und füllte den Raum.

Das Frühstück war trocken. Nicht etwa das Essen, sondern die Sinneseindrücke und die Atmosphäre, die beim Essen herrschten. Stephan schien zwar gut ausgeschlafen, aber natürlich wusste er was zwischen Freya und seinem Freund entschieden war und obwohl ihm keine Schuld zukam, fühlte er sich brennend voller Unbehagen. Aber er konnte nichts tun. Er wollte es auch nicht. Warum auch?

Er war auf Bitten seines Freundes gekommen und war ihm länger als er eigentlich wollte geblieben. Er hatte Marcus auf seine Art geholfen und alles Mögliche zu seiner freien Entscheidung geleistet.

Alles was entschieden war, war von Marcus selbst aus seinem ehrlichen Herzensgrund gekommen. Und wenn sein Herz nun nicht fähig war sich selbst zu entscheiden was es erreichen wollte und wie es den Körper, den es mit Blut jeden Schlages versorgte, in ein anderes Leben leiten könne, so war es also eine zutiefst tragische Ehrlichkeit.

Marcus und Freya sprachen wie immer zueinander, aber generell wurde nur sehr wenig geredet.

Aber auch diese schwere, lahme Traurigkeit währte nicht ewig und war schließlich irgendwann beendet – und das „Irgendwann" ist das lästernde und faule Stolpern vom Sprechen aus dem fernen Sessel.

Die Sonne erhob sich auf der Hügelkuppe klar und kräftig, es war gegen elf Uhr dreißig als die drei jungen Menschen auf der geschundenen Wiese vor der Hütte standen.

Stephan reichte Freya offen die Hand und sprach:

„Freya du kennst die Stadt! Vielleicht sehen wir uns dort wieder."

Freya schien belustigt: „Vielleicht, Stephan... Ansonsten zeichne weiterhin so schön! Ich hab' dir ein Blatt aus deinem Skizzenblock geklaut übrigens."

„Das hab' ich natürlich längst gemerkt. Die Portraitskizze von ihm fehlt. In diesem Sinne!"

antwortete Stephan, löste seinen Handschlag, wandte sich auf den Hacken und trottete mit seinem Globusrucksack den Hügel herab und gab den beiden Verbleibenden Raum für eine eigene Verabschiedung.

Da waren sie wieder, jene helltunneligen Augen, die Marcus vergaß beim Sehen, sodass er sie immer wieder neu und erstmalig sehen konnte.

„Lebe wohl, Marcus." flüsterte sie. Ihr Gesicht lächelte und die Augenlider zogen sich von den Mittagsstrahlen der Sonne geblendet zusammen, sodass ihre Stupsnase kleine, krause Fältchen zog.

Marcus konnte nicht lächeln, doch weinen ebenso wenig mehr. Er hatte auch mehr als genug geweint, obwohl es allen Grund dazu gab. Er wäre nur sehr erschrocken gewesen hätte er auf dieser Wiese dort bereitsgewusst, dass er nun viele Jahre nicht mehr weinen würde.

„Denk an mich bitte, innerhalb der Sonne und den romanischen Zungen." sprach er.

„Denk an mich bitte, innerhalb der Sterne und den niederdeutschen Zungen." Ihr Lächeln verschwamm langsam.

„Ich werde sicher Mühe haben an etwas anderes als an dich zu denken." sprach Marcus leise.

„Tu das nicht, denn ich werde dich um deinet-
willen so oft vergessen, wie es nur geht. Um dei-
netwillen, aber auch um meinetwillen!" antwortete sie.

„Ich verstehe das alles nicht! Überhaupt nicht!
Wenn wir uns so lieben, warum geschieht das
jetzt so?" flüsterte er jetzt und panische Verzweiflung schlug zitternd an seine Stimme.

„Ach, dat kann doch eh niemand von uns begreifen und daher beantworten!" auch ihre Stimme waberte, als sie fortfuhr.

„Komm, Digger – ein Letzter!"

Sie zog Marcus ruhig an sich heran, stellte sich
auf die Zehenspitzen und küsste ihn sacht und unschuldig auf die Lippen.

Einige volle warme Sekunden währte der Kuss
hauchend, dann griff Marcus den Träger seiner
Reisetasche.

Er fühlte sich noch immer nicht so, als ob er
weinen musste – ihm war vielmehr so, dass galli-
ger Brechreiz ihn durchfuhr. Er fror und ihm
schwindelte.

All die Unbegreiflichkeit und das Leid und die
Schmerzen, die er fühlte waren dabei ihn in die
Knie zu zwingen. Und doch erhob sich hinter all
diesen Gefühlen eine gewaltige Resignation und

damit die Erleichterung, dass er die Kapitulation angenommen hatte. Die Endgültigkeit und das Besiegtwordensein umspülten ihn.

Das Nichtmehrkämpfenkönnen betäubte ihn gleichzeitig beruhigend wie ein Opiat.

Er hob die Tasche auf seine Schulter, drehte sich um und folgte Stephan den Hügel herab und war unter Freyas blauäugigen Blicken im Wald verschwunden.

Epilog

Marcus weinte also lange Jahre nicht mehr. Das Grau der zugigen Hansestadt umfing ihn gänzlich herzlich wie eine Mutter, als er tatsächlich bei genau dem bekannten Regenwetter zurückkehrte. Marcus eigentliche Eltern hingegen waren zwischen Zorn und Erleichterung derartig hin und hergerissen, dass sie sich nach langem Taumeln schließlich im norddeutschen Pragmatismus des Protestantismus' behalfen und von der Rückkehr des verlorenen Sohnes redeten.

Marcus selbst hielt sich bedeckt. Er beobachtete viel die großen Seemöwen mit ihren Flugkunststücken, besonders bei starkem Wind. Er hatte die dreisten Symbole des deutschen Nordens vermisst.

Mit Stephan unternahm er hin und wieder etwas, doch trotz Stephans Mühe das Verhältnis der beiden zu stärken, starb es schließlich ganz ab, da Marcus sich immer öfter zurückzog. Mit einem selten gewordenen schiefen Lächeln, wegen des eingeklemmtem Joint zwischen den Lippen, pisste Marcus nachts schwer betrunken an die gesamte Fassade und Tür des bekannten Kneipencafés und kam sich dabei wie ein glorreicher Ritter vor.

Er verabscheute auf den Tod dieses Café, da es ihm Symbol letztendlich dessen war, was ihn in seine jetzige aschgraue Lage gebracht hatte.

Am Tage aber dankte er doch im Innersten Gott aus vollster Seele, für die Existenz dieses Etablissements, immer wenn er es sah.

Sowieso war Marcus nun öfter als er eigentlich wollte betrunken, denn die ganze fatale Rolle, die König Alkohol in dieser Geschichte spielte, wollte nicht von ihm weichen und klebte an ihm wie Kotze und Blut.

An Freya dachte Marcus dann schließlich irgendwann immer weniger, umso mehr Zeit verging. Zwar war er jedes mal ein wenig glücklicher, wenn er an sie dachte, doch schlug dies dann sogleich ins völlige Gegenteil um. Besonders wenn er überlegte ob auch sie wohl ihn noch im Sinne

trug. Es verging eine längere Zeit, aber irgendwann war er nicht mehr traurig, sondern nur noch
abgestumpft und zu keiner größeren Emotion
mehr fähig.

Doch Marcus hielt sich nicht für depressiv.
„Wenn ich depressiv wäre," so sagte er sich,
„dann würde ich doch aktiv meine Kunst daraus
schöpfen können, wie es all die Jahre früher in der
tiefen Melancholie immer war!"

Dazu besann er sich all der traurigen Künstle-
rinnen und Künstler, die er über die Jahre durch
das Rezipieren ihrer Werke und das Lesen von
Biographien kennengelernt hatte und wollte kein
Künstlerstereotyp erkennen.

Doch Kunst schuf Marcus seit dem letzten Tag
in der Berghütte keine mehr. Die Tinte in der Feder trocknete ein, die Musikinstrumente verstaub-
ten in seinem Zimmer und seine Notizbücher, sowie die virtuelle Musik war im Gipfelhäuschen in
der Schweiz von ihm zurückgelassen worden. Sein
Universitätsstudium hatte Marcus gar nicht erst
wieder aufgenommen.

Und so stand er oft mal betrunken und zuge-
kifft, mal gänzlich nüchtern am Hafenbeckenrand
und tat trotzdem nie den entscheidenden Schritt.

Irgendwann bekam er eine bezahlte Arbeit, führte lieblose Beziehungen mit unbekannten Frauen und hatte schließlich, nach vielen Jahren tatsächlich das Meiste vergessen, was er einmal getan hatte.

In seinen Träumen tauchten noch manchmal dunkle Bilder und Ahnungen auf, die panikheischend heller und klarer wurden, bis dass sie in blendestem Glanz von einem einzigartigen, vergangenen Leben erzählten, in dem Marcus ein Liebender, ein Verrückter, ein Genie, ein Süchtiger gewesen war, sodass er aufwachte und nur noch einen faden Geschmack im Mund verspürte.

Doch den entscheidenen Schritt am Hafen hat er niemals getan – gewiss nicht; denn dafür war er viel zu schwach und dem überhaupt nicht gewachsen.

Freya aber hatte alles besiegt, was sich ihr in ihren Weg der Freiheit gestellt hatte und somit eine schier unglaubliche Kraft bewiesen. Den zuckrigsten Eskapismus hatte sie in aktive Revolution ihrer eigenen Existenz überführt.

Freya war die Stärkere, die Gewinnerin, denn dass das Leben lediglich ein Spiel sei, dies ist keine neue und auch keine sehr kreative Denkannahme. Wie das Brettspiel des Seins mit Plastikstiften als humanoide Projektion heute schon überaltert ist und ein dumpfes Relikt aus verflogener Zeiten, so finden sich überall immer Spielbezüge zur Existenz.

Und wo sie auch auftauchen, hinterlassen sie einen schaudernden und doch praktischen Eindruck in unserem Gemüt. Eben jenes findet man auch im Krieg. Das groß angelegte Entwerten menschlichen Lebens findet sich historizitär ernüchtert in den Spielkategorien: „Sieg" oder „Niederlage; „gewonnen" oder „verloren".

Marcus freute sich sehr das Klischee und den Sexismus, die er aus tiefster Seele verabscheute, so zerstört zu sehen. Er selbst hätte doch noch das Ruder in die Hand nehmen können, und alles machen – doch das Spiel des Seins als lächerliche Zote und doch ebenso sinnvolle Regula Falsi, es war anders geworden.

Natürlich freute er sich auch über diesen Umstand, weil er Freya unergründlich liebte und ihr den Sieg in ihrer Lebensplanung wünschte und gönnte (wenn es diesen denn gab).

Und die Freude über Freyas Entscheidungen machte ihn doch auch letztendlich zu einer Art Sieger – Ja, er war ja auch ein Gewinner! Aber was oder wer entscheidet denn eigentlich über diese Kategorien?

Im Leben, das sich einer Gesellschaft untergeordnet hat, ist das Reglement einsperrender und schützender Wall. In dem aufwachenden, durchgehend atmenden, essenden, trinkenden und schlafenden Leben entscheidet das Einhalten der gesellschaftlichen Regeln über Sieg und Niederlage.

Um zu gewinnen im Leben, müsste man mit beiden Beinen fest im selbigen stehen und doch nutzt man es mehr noch, die Regeln für sich selbst anzuwenden, als dass man die Reglements des speziellen Seins akzeptiert hat.

Ein Krieg, beispielsweise, also schickt sich an in Reglements zu wandeln. Jedoch: die wütende Emotionalität, die den ersten Krieg hervorbrachte, hätte kein einziges Reglement als sein Zügel geduldet.

So ist die Regel im Krieg eine Wohnung für Nomaden geworden. Der Wahnsinn der Kriege zeigt, dass sie keinen natürlichen Boden erschaffen und ein Behelf sind für das das brechende Durchsetzen in ausgeschalteter Rationalität.

Die Kategorien des Spiels: „Niederlage" und „Sieg" ergeben sich also immer aus den Regeln.

Seien es die künstlich sinnentleerten Regeln eines Krieges oder aber die gesellschaftlichen Leistungen von Menschen, die milliardenmal öfter als sinnig vor den drohenden Konventionen zerstoben waren oder doch letztendlich aber die erwogenen Festlegungen im scheinbar gerechten Zeitvertreib.

Diese Zuordnungen wirken alle klar, doch mitnichten sind sie es, wenn beispielsweise historische Verdienste in der Praxis doch auch dem Kriege zumindest ein drohendes Auge auferlegt haben, trotz allen Tobens. Diese Regeln ergeben sich ihrer eigenen unbändigen Macht, die sie selbst nicht begreifen können. Das gilt auch für das Leben.

Doch was ist denn überhaupt ehrlich an den Regeln des Seins? Am Spiel desselben?

Wie kann denn nur all dies Streben der bewussten Wesen ein Trugschluss sein, wenn das Spiel in seinem Leichtsinn der Vernachlässigbarkeit eines Laplacewürfelergebnisses alles an absehbarer menschlicher Zukunft zu sich ziehen zu vermag?

Das Sein als Spiel zu sehen, unter dem Reglement der Konventionen, scheitert an dem Punkt, dass das Sein sich in zu viel Leben mit Ichs ergos-

sen hat, als dass es zählbar bliebe für unsere müden Augen. Ja, und müde sind unsere Augen doch
öfter als es uns nur lieb ist. Und müde sind sie am
Erblicken des ewig gleich Fließenden geworden!
Und erwacht sind sie erst an den Exempeln, die
die alte Ratio wieder neu wachrütteln!

Hier also eine Ratio, welche sich in den Dienst
des Spiels gestellt hat: des Spiels des Seins, des
Spiels des Krieges. Mit diesem Kontrollinstrument
der Ratio, sündigt man ob des Seins und also auch
des Lebens, wenn man hier unreflektierte Abstri-
che in der Menschlichkeit (denn in ihr finden sich:
Ratio, Spiel und Krieg wieder) macht.

Man sündigt also? Weniger noch: denn um zu
sündigen müssen wir vom vermeintlich Richtigen
wissen, während doch nur den Sünderinnen und
Sündern die Vergebung zuteil werden kann.

Die Spielregeln auf das Leben und Sein zu
zwängen ist keine Sünde – es ist Vernichtung.

Doch die Regeln sind existent. Sie liegen in dicken Büchern in abertausenden Regalen in der
Welt und retten und töten täglich Menschen.

Doch die Regeln in sich selbst, sind sie nicht so
unbegreiflich wie den Gläubigen Judas Ischariot?
Und so gestraft? Es kann keine Vollkommenheit
ohne die Unvollkommenheit geben – wie Judas Je-

sus verraten musste, denn einer musste es doch tun – so mussten die Regeln ihre Zwinge immer enger um das Leben spannen, immer weiter das Spiel verschärfen, damit es spielbar blieb.

Das zwar aus Regeln geborene Denken von Niederlage und Sieg schafft so viel Leid und hat seinen Sinn, anders als beim Reglementieren für das Leben leben, längst hinter sich gelassen (falls es je einen Sinn besessen hat).

Doch wie auch in der so farblos erfolgten Geschichte mit Freya, so hat auch das Reglement von Leben und Tod; oder Sieg und Niederlage; oder als was man es auch sehen möchte, sich zu sehr auf ihr eigenes Bedeutungsfundament verlassen.

Es gibt in dem was zu erfahren war nichts, was es verdient hätte für einen barmherzigen Geist „sündig" genannt zu werden. Ein fades Urteil, so nach diesen Jahren. Ein trauriges, vielleicht sogar ein peinliches Eigenopiat. Aber doch eine Maxime für Marcus.

Vielleicht würden viele belesene und berechnende Menschen sagen: „Die Regeln, auch wenn sie artistisch von der Allgemeinheit geformt sind, sind der Maßstab eines jeglichen moralischen Handelns und schon gar vor einem religiös-emotionalen Hintergrund, in einem idealistisch-kreativen Feld. Dies alles spottet doch seines Gedächtnis'!"

Doch auch mag das Erlebte voll von entleertem Wahnsinn gewesen sein, es war ebenso voll von Leben. Leben mit keinem fremden Blute wie im Kriege. Leben im eigenen Strom.

Und egal wie man nun zum Leben auch steht – das Leben ist doch die unignorierbare Instanz unser aller Denkens, Handelns und puren reglementierten Seins…

Marcus konnte über solche selten gewordenen Gedanken lachen, wenn sie ihm am Sonntag beim bourgeoisen Zeitungslesen überfielen.

Das Spiel des Seins war auch ein bequemer, langweiliger Sessel aber es war vielleicht auch eine Fata Morgana und plump-dämliche Gedankenprothese. Die Idee vom Spielen in Freude getaucht mag ja noch tragbar sein, doch wie schon gesagt, war das Denken in Niederlage und Sieg ein so tiefgreifend lebensferner Trugschluss, dass nicht viele der Weisesten ihn überhaupt sahen.

Marcus freilich sah ihn auch nicht an diesem Sonntag. Er lächelte ob seiner undefinierten Siegergedanken und blickte an seinem kleinen, auf dem Boden spielenden Sohn vorbei, den er nicht kannte, den er auch nicht lieben konnte und Marcus dachte daran, dass er sich heute Nacht wieder neben seine fremde Frau legen würde, die er nicht lieben konnte und daran, dass er morgen wieder zu seiner sinnlosen Arbeit musste.

Alles war also endlich gesittet und normal geworden. Und tot, trotz eines unschuldigen Kindes.

Nur an manchen, noch selteneren Tagen, wenn der ganze Tag in sein Gemüt einzudringen schien, ihn anfüllte mit glücklich gespannter Unruhe, der Tag ankam um die Tätowierung auf Marcus' Seele zu sehen, die er selbst als junger Mann sich dort gestochen hatte und wie ein Ehrentitel voller stillem Stolz getragen hatte – an diesen Tagen flackerten die Träume hell in der Nacht verändert auf.

Nun sah er statt dem alten Leben eine junge, wunderschöne, lächelnde Frau nackt vor ihm stehen. Durch die gleißende Sonne hinter ihr zeichneten sich ihre Konturen gestochen ab und Marcus sah den rasierten Venushügel mit den verbliebenen Härchen sich zart aber deutlich wölben. Und Marcus sah auch die blau brennenden Augensterne, die umschlagen von sonnenlichtdurchleuchteten Haaren blickten, aus der dunklen Silhouette heraus strahlten. Sonnendurchrissene blonde Haare, widerreflektierend und unausprechlich anziehend.

Ohnehin gänzlich bizarr dieser Traum, denn Marcus fand blonde Frauen ja gar nicht attraktiv.